幸せな方の椅子

悲しみの底にいるときの
心の舵のとりかた

Miyu Matsuyama

松山みゆ

大和書房

たとえば、心が負のもので揺さぶられているとき、
悲しみや痛みで身動きがまったくとれず、
息をするのも苦しいようなときでさえ、
いったん、心をしーんとなるまで止めてみる。
どんなときでも、目の前に「幸せな方の椅子」と
「幸せじゃない方の椅子」が置かれているとしたら?
さあ、あなたは、どちらに座る?

装丁　鈴木久美
装画　福田利之

目次

1 目の前にあるふたつの椅子

1　目の前にあるふたつの椅子

✤「幸せなままでいようよ」という約束

二〇一一年二月。東日本大震災のあった年のことでした。

私は、高校時代からつき合いはじめて結婚した夫と、小学一年生の息子と、ささやかながらも幸せな毎日を過ごしていました。夫が惚れ込んだ建築家さんと家を建ててまだ数年。息子はひよこのように、ほよほよかわいい盛りでした。

そんな日々がずっと続くといいなと思っていたころ……。何の前触れもなく、夫がとても大きな病を患っていることがわかりました。だれかに「どうして?」と質問したところで、その答えはどこにもなくて、きっとそれは、突然雨が降り出すのと同じぐらい、自分たちの力ではどうにもできなかったことでした。

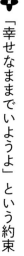

病気はすでにかなり進んでいて、一年後の未来も想像できないような状態。腫瘍が胸の中に播種《はしゅ》を起こしていて、病期はステージ4でした。とても稀《まれ》な腫瘍で、まだ治療法も確立されていませんでした。

たとえて言うならば、幸せな色に染まっている世界から、真っ暗な世界へぐいっと手を引っぱられて、引きずり込まれていく感じ。目に映る世界すべてがグラッと傾いて、ゆがむようだったのを覚えています。

それまでの人生でも「これは困ったな」ということに出くわしたことは何度もあったけれど、まったくもって次元の違う話でした。最初はたじろぐしかなく、心が折れるというよりは、ブルドーザーで木っ端みじんになるまでつぶされて、心の大切な芯のようなものが、理不尽に握りつぶされていくようでした。

ただ、そんな鉛を呑み込むような苦しみの中でも、なんでもいい、どんなに小さくてもいい、何か望みを探す……その想いからのみ成り立つ自分が、かすかに残っていました。暗闇から這《は》い上がれるかなんてまったくわからない中でしたが、絞り出すように夫と約束した言葉があります。

「病気になったけど、幸せなままでいようよ」

本当は、これ以外に、そのときの私が言える言葉はなくて、どうしようもないことに対する強烈な焦燥感から生まれた祈りのような約束でした。

✤幸せな方の椅子に座るということ

私たち家族が幸せなままでいるためには、まずはなんとしてでも、息子の笑顔を守らないといけません。そして、夫も元気にしないといけなかった。私が泣いている場合じゃない。でもどうしたらいい？　私がしっかりしなきゃいけないのはわかってる。でも……いったいどうしたら？？？

その問いに答えてくれたのが、「幸せな方の椅子に座る」ということでした。わが家の幸せを守るために、そして一度粉々になった私の心を再構築するために要した「生きる術《すべ》」のようなものです。

人は、毎瞬毎瞬、無意識にいろんな選択をしながら生きているものです。でも、とても大変な苦しい状況に置かれると、何かに行く手をふさがれたように感じて、もう自分では未来を選択できないように思ってしまいます。でもそれは錯覚で、少しでも良い方向へ舵《かじ》を切ることはできるはず。

自分の人生の舵を、自分が置かれた状況にゆだねずに、自分でしっかりと握りなおす。少しでも幸せな方の未来を目指して、自分の意志で選択をしていく。

そんな選択をするときに思いついたのが、「幸せな方の椅子に座る＝幸せな方の未来を選ぶ」という発想でした。どんなに悲しみや痛みが体中からこぼれそうだったとしても、その先では、自分だけの未来や幸せに、手をのばしてもいいはずだと思ったのです。

なぜ「椅子」をイメージするかというと、心がどんなに大変なときでも、目の前にある椅子に腰をおろすだけなら、なんとかできるから。とりあえず座ってみようと思うだけで十分です。心のベクトルが変わるだけで、自然と目指す未来が変わり、目指す未来が変われば、「今」が変わりはじめます。

もちろん、この十年余り、私たち家族にも綺麗《きれい》事では片付かない出来事が何度も襲ってきました。「神様、どうにかしてください……お願いだから……」と、空を見上げて、あふれる涙をどうしても止めることのできなかった日もあります。

それでも、この椅子のおかげで、私たち家族は何度も明るい方の日々に戻り、優しい時間を取り戻すことができました。そして、「生きてさえいれば、必ず幸せは降り積もる」ということも知りました。

✤きっかけは、友人の言葉

心が苦しいときに、頭の中でふたつの椅子を思い浮かべて幸せな方へ座る。それは結論から言えば、そんなに難しいことではないはずなのです。だって、不幸な方の椅子になんて座りたくないでしょう？　でも実際にはこれが、なかなかどうして難しい。私も、夫が悪い病気かもしれないとわかりはじめたころは……家族の前では、なんとか笑顔をつくることができても、ひとりになるとてんでダメでした。

朝起きて五秒後には、心が不安でいっぱい。そんな日々。

「なんで、こんなことになったのかな？」

（私たち、何か悪いことした？）

「私がいちばんそばにいたのに、なんで気づいてあげられなかったんだろう？」

（私、夫の心電図がおかしいことは知っていたのに）

「夫の仕事はどうなる？　これからわが家はどうなる？」

（震えてしまうぐらい悪いことしか頭に浮かばない）

「なんで夫なの？　あんなにいい人がどうして？」
（道ゆく人とすれ違うだけで、そんなふうに思ってしまう）
「いつもニコニコ大魔王みたいな息子はどうなる？」
（息子の笑顔がかわいければかわいいほど胸が苦しくなる）

今なら「そんなことないよ」と言うことができるけれど、当時は少しでも気を抜くと、悲しみというよりは、未来に対する「恐怖」で一歩も動けなくなりました。

たとえて言うならば、私は、漁師さんの網にひっかかった魚のようでした。何が起こったかもわからなくて、ただただ怖くて、海に戻りたいのに戻れない。網の中で不安にからめとられて、バタバタがんばってはいるけれど、希望は見えず、どんどん弱っていく……そんな魚でした。

こんふうにわが家が非常事態だったころ、なぜかふっと思い立ち、友人Ｉさんにメールを出しました。「久しぶり。元気？」と、夫のことなどは、おくびにも出さずに。

なのにそのメールを読んだ友人は、「あ、みゆさんに何かあったのかも……」と直感でわかったそうです。

彼女の返信は「うちに来ない？」というものでした。行くかどうか迷いながらも、フラフラな状態で彼女の家におじゃました日がありました。

彼女の家に到着するや否や、私は、それまでだれにも言えなかったことを話しました。

「食欲がなくて、ここ数日ろくに食べていない」

「私が強くならないといけないのはわかってる。でも、とても強くなんてなれない」

「しっかりせないけんけど、どうしてもできない」

するとと友人は何を思ったのか、明太子のパスタをちゃっちゃと作ってくれました。

私は「うわあ、今は食べられないなあ」と思いながら、おそるおそるひと口……。そうしたら、頭で考える前に涙がポロポロポロポロ。そのパスタが本当においしくて。

涙と鼻水でグチャグチャになりながらパスタを頬張る私に、友人がかけてくれた言葉が、私たち家族の未来を変えていくことになります。

「みゆさんだけが、しっかりせなって思わなくてもいいよ」
「できることを、できる人が、できるときに、やればいい」
「強くなろうなんて思わなくてもいい」
「こんな試練耐えられないと思ったら、神様に『ごめんなさーい！　こんなん、私、耐えられませーん！』って叫んで、その日はがんばらんでいい」

とくに、

「できることを、できる人が、できるときに、やればいい」
「こんな試練耐えられないと思ったら、その日はがんばらなくていい」

この言葉は、当時の私にはとても思いつくことができなかったものでした。

そして、この友人の言葉が、私の心のエネルギーが向かう矛先を劇的に変えてくれることにつながっていきます。

どうにもならないことは横に置いて、「できることをやればいい……」そう思った瞬間、私は、「自分ができること」を探しはじめていました。そして、自分がとらわれていたもののほとんどが、「考えてもどうにもならないこと」だったことに気づきました。

「自分ができること」と、「自分ではどうにもならないこと」。このふたつを見極めることが、幸せな方の椅子を見つける際は、とても大切。「どうにもならないこと」で心が苦しいのなら、体中の勇気をかき集めてでも、それに見切りをつけて、背を向けた方がいい。そして、それは大変なときであればあるほど、一刻も早い方がいい。なぜなら、網に引っかかった魚のままでは、とてもではないけれど、心も体も、もたないから。そこにとらわれていても事態が良くなることはないから。

そうやって見切りをつけて、改めて未来を考えはじめると、自分の手に人生の舵が戻ってきます。舵さえしっかり握っていれば、未来は自分が決心した分だけ変えることができます。急旋回だってできます。

あの日、私は友人のおかげで、心のエンジンを逆噴射させて、自分の「不安」や「後悔」に背を向けることができました。そして、背を向けて反対側を見つめた瞬間、まるで体中の血液が逆流したかのように、頭も心も逆方向に回りはじめていました。

「夫と息子のために、私が今できることは？　……すべきことは何？」

「大丈夫、きっと私たちは幸せなままでいられる。ううん、私が夫と息子を幸せなままにする」


人は大切な人を想って動くとき、普段まったく使っていないような力がムクムクと急に湧き上がってくることがあります。それは火事場のバカ力のようなものかもしれません。心がまるでブルドーザーでぺちゃんこにされたようになってしまって、そのうえ、網にひっかかった魚のようにバタバタ苦しかった私にも、そんな力がまだ残っていたようでした。

友人がいなかったら私はどうなっていたんだろう、と今でも思います。彼女は間違いなくわが家のかけがえのない恩人でした。

朝までは死んだ魚の目のようだったのに、友人宅からの帰路、私は正気を取り戻して、どんなに小さなことでもいい、自分ができることを探してみようと思いながら、車を運転していました。

✚はじめての椅子

「そうだ、夫が入院したら……」

私は「未来」のことを、はじめて考えていました。そして、自然と二通りのストーリーが頭に思い浮かんでいました。

ストーリーその1

私は、心配そうに夫の病室に入っていく。悲しみや不安をどうしても隠せなくて、そのまま夫の前に立つ。それを見た彼の目も不安そうになる。会話は進みそうにない。

（私が今のまま気持ちを切り替えなければ、多分こちらになる）

ストーリーその2
（病室の前で深呼吸してから）女優さんのように「ぱん！」と変身して、「調子はどう〜？」と、夫の前にさわやかに登場する（できれば、優しいマリア様のような笑顔で！）。夫の目は少しはじかれたようになるけれど、すぐに笑顔になる。「まあまあかな？　暇だけどね」なんて少し照れたように言う。
（部屋の空気がぱっと明るくなる）

さあ、どっちにする？

実は、そんななんてことのない空想から生まれたのが、「幸せな方の椅子」でした。
私は「ストーリーその2」のマリア様になる方を選ぼうと決めました。2の方がまだ少しは幸せな未来になる可能性があると思ったから。

同じ場面でも、その人が選ぶ「幸せな方の椅子」は、まったく違うものになると思います。人それぞれ、その人らしい優しさの差し出し方は違うはず。たとえば、人を笑わせるのが得意な人は、おもしろいことをたくさん話したりして相手を笑顔にすることが、その人らしい「幸せな方の椅子」になるだろうし、逆に話すのが苦手な人は、相手が好きな食べ物や飲み物をそっと病室に置いてくるだけでも、その人らしい優しい椅子になります。大切なのは、相手のことを考えながら、自分にできそうなことを探すこと。もしもちょっと失敗したとしても大丈夫です。そこに真心さえあれば、きっと伝わるから。

私の椅子も、あくまで「妄想」なので、うまくいくかどうかはわからない。夫に「なんで俺はこんなに不安なのに、お前だけそんなに元気なんだよ〜」と思われる可能性もあります。ある意味、実験みたいなものでした。でも多分、あのときの私には、この作戦が成功するかどうかより、自分にできそうなことを見つけることの方が大事でした。

「そっか、これからもずっと、私はこうやって少しずつ幸せな方を選んでいけばいい」

そう思えたときに、自然と自分のおなかの中に、優しい「生きる力」が湧いてくる感触がありました。

「幸せな方を選ぶ人生にする」

これさえ見失わなければ、迷子にならない。そんなふうに自分の心の中だけで輝く北極星みたいなものを、あの日、私は見つけたのでした。

入院生活

私が、はじめての幸せな方の椅子を見つけてからほどなくして、夫は手術のための入院生活へ。二〇一一年三月のその入院は、非常に大きな手術を伴うもので、自分の心臓の音が大きく波打つのが聞こえるぐらい、戸惑うことばかりでした。夫が手術室に入ってからの十数時間は、次々と悪いことが頭をよぎっては振り払い続ける、とてつもなく長い時間でした。

手術は成功しましたが、大きな手術だったため、術後は合併症が心配な状態が続きました。腫瘍をはがすだけでも6時間、心臓から出ている大静脈も腫瘍につぶされている状態だったために、手術で人工の血管を入れ、腫瘍への視野を得るために肋骨も切っていました。しばらくICUにいたあと普通の病室へ。強い痛みの中で朦朧《もうろう》としている夫は、「怖い」「死にたくない」と私の手を握って離しませんでした。術後4日目の夜中には、病院から電話で呼び出され、息子を祖父母に預けて、私一人で病院へ向かいました。夫に夜通し付き添って、翌朝はそのまま職場へ出勤しました。

それでもなんとか私が立っていられたのは、「マリア様作戦」というものがあったから。夫と過ごす病院の中では、この作戦のおかげで、想像していたよりもたくさんのことを乗り越えることができました。ただ、病院から一歩外に出ると、心はとたんに不安定になりました。車を運転しながらどうしようもない不安が襲ってきたり、涙がさらさらと流れてきたり。そんなときは、とりあえずコンビニの駐車場に入って、幸せな方の椅子を探していました。

「こんな涙目で帰ったら、Oくん（息子）心配するよねえ。よーし、このコンビニでいちばん高いケーキを買って、ここで食べよう。甘いものを食べて心を鎮めたら、お化粧をチャッチャとしなおして帰ろう」

そんなふうに新しい椅子に座ってから帰宅した私を、「おかえり〜」と笑いながら玄関まで飛び出してきて迎えてくれる息子。そんな彼をぎゅっと抱きしめて「ただいま〜」と言えたらもう大丈夫。こうして元気を取り戻す日々でした。

息子は息子なりに、夫の入院中、いろんなことを考えているようでした。たとえば、病室の夫と電話で話し終わった息子が、「Oくんね、ちょびっと涙出そうになったと。でもパパに気づかれてないよね？　心配かけてないよね？」と眉間にしわを寄せて私に言います。

「涙が出そうになっただけなんやろ？　そんなら大丈夫やろ。パパめちゃくちゃ鈍感やもん」と私が言うと（本当はまったく鈍感じゃないけど。ここでは鈍感ってことにしておく方が幸せな方の椅子なのだと、息子の性格を熟知する私は瞬時に判断）、彼はピカーンと笑顔になります。

そして、「パパも痛いのにがんばっとうもんね！　Oくんもがんばるぞ〜！」と、腕をヘリコプターのプロペラみたいにブルンブルン回しながら、スタコラとお風呂掃除をしに行ってくれたりも。そんな息子の姿に私は助けられていたのでした。

幸いなことに夫の容態は、術後7日目あたりを境に回復しはじめました。そのときは本当に心の底からうれしかった。術後8日目には、息子の宿題の国語の音読を、夫が電話で聞いてくれたと当時の日記に記してあります。その光景があまりにもほほえましくて「どうしようもなく幸せだった」と私は書いています。

そうして術後2週間で退院となったときには、私も夫も入院した日よりもずっとずっと優しい顔で笑いあえていました。

「健やかなるときも、病めるときも、互いに互いを想い、必要とし、励ましあう」

結婚式のとき、それがどれだけ大変なことかもわからぬままに夫と読みあげた誓いの言葉。その言葉の本当の意味を、この入院生活で知りました。

「みゆがおったら、なーんか大丈夫な気がするけ不思議やねぇ。もうちょっとおれる?」

訳がわからないほど無数のチューブにつながれているというのに、世界一幸せそうに笑った彼の顔は、今でも、私だけが知っている宝物です。

夫の入院中にわかったことは、「決して心を100パーセント病気に占領されてはならない」ということでした。ほかのものが入れるスペースを、少しだけでもあけておかないといけない。意識してそうしないと、とてもではないけれど、心が耐えられなくなるからです（これは病気だけではなく、ほかのことにも言えるかもしれません）。

あのころ、病気のことだけでパンパンになっていた私の心に、いろんなものが混ざりはじめたのは、多分、幸せな方の椅子の力を借りることで、心の中に「優しいものが溶け込めるスペース」が少しできたからでした。心に優しいものが溶け込むと、気持ちがぐんとやわらかくなります。まわりの人たちのぬくもりに気づくことができたり、小さな幸せに気づけたり……心が少しまろやかになる。

何より、優しさを心に取り戻せたとき、自分自身が苦しみからずいぶんと救われました。そしていつのまにか、私たちにとって「病＝死」ではなく、「病＝生きる」になっていました。

椅子に座るときのコツ

「幸せな方の椅子」は、わが家に一大事が起こったときに見つけたものでしたが、実は、大きな困難に直面したときだけではなく、日常のあらゆる場面で役に立ちます。

たとえば――

・大切な人と、ささいなことでケンカしちゃったとき
（このまま口をきかない？　それとも、隣にそっと座って「言いすぎちゃった、ごめんね」と、小さな声で言ってみる？）

・大切な約束があるのに、渋滞で遅刻しそうなとき
（車中でずっとイライラする？　それとも、もう開きなおって歌でも歌っちゃおうか⁉）

・メチャクチャがんばったのに、受験に落ちてしまったとき
(ずっと後悔の海を漂う？　それとも、未来の栄光を妄想しながら、また今日から歩き出す？　なんなら、今年よりも高みを目指す？)
・想いを寄せていた人にもうじき会えなくなる
(想いを告げずに一生胸の内にそっとしまっておく？　もしくは、かっこ悪くてもいいから想いを告げちゃう？　精いっぱいがんばれば、うまくいってもいかなくても、きっと気持ちいいかな？)
・職場で理由も聞かれず、理不尽に怒られた！
(ずっと「悔しい〜っ」と思いながらモヤモヤしとく？　それとも「こんなこともあるよね」と、悔しい気持ちはゴミ箱にポイッ！　お気に入りのケーキでも買いにいって、忘れちゃおう！)etc.

とにかく、どんなときでも役に立つのが、幸せな方の椅子なのです。

「どっちの方が幸せかな？」と、少しだけ立ち止まって、落ち着いて考えることができたなら、もうアイデアは手に入ったも同然。答えは必ず自分の中

にあります。

経験上、できれば「未来の自分」が「今の自分」に、「ありがとう」と言ってくれる方を選ぶといいです。未来の自分に「ありがとう」と言わせるには、今の自分が大変な方を選ばないといけないときもあるけれど、やるだけの価値は十分にあります。

そして、もうお気づきかもしれませんが——大変なことが身に降りかかっているときって、実は、すでにお尻が半分、幸せじゃない方の椅子にのっかっているのです。だけど、うっかり幸せじゃない方の椅子に座っていても大丈夫。エイッと、その椅子からまずは立ち上がってみてください。そして「私の幸せな方の椅子はどこよ〜？」と、あたりをキョロキョロ見渡しながら探してみてください。これを繰り返していると、幸せな方の椅子を見つけるための「心の筋肉」みたいなものがついてきます。最初は小さなことからで十分。気軽に筋トレするつもりで探してみるといいと思います。

椅子を見つける際に、忘れてはいけない重要な注意事項をお伝えしておきます。

1.「どんなときでも」

どんなときでもふたつの椅子が目の前に用意されていると想像する。この「どんなときでも」というのを忘れると、幸せな方の椅子が見えなくなるので要注意です。「そんなん、幸せな椅子とかあるわけないやん！」と思えるぐらい絶望的なときでも、ということです。大変なときって、どうしても逃げたくなるけれど、例外はないと腹をくくって見つけてください。

2.「目を凝らしてみる」

急に電気を消して目の前が真っ暗になったとき、最初は、なーんにも見えません。でも少し時間がたって目を凝らせば、目が慣れてきて、あたりがうっすらと見えはじめます。なのであわてずに、まずは心を落ち着かせて、心の目が暗闇に慣れてきたら、目を凝らして探してみてください。そうすれば、ほかの人には見えなくても、自分だけの椅子が見えてくるかもしれません。

3．「自分の本当の気持ちに気づく」

椅子に座るときに、たまに、人の目や常識のようなものが邪魔をするときがあります。そんなときは「自分の素直な気持ち」の方に光を当ててみてください。幸せな方の椅子に座るということは、常識や他人の目に支配されることなく、自分の本当の気持ちに気づくことでもあります。そして「そんなの嫌だ！」と感じることに対しては、素直に「NO！」と言うことでもあります。

4．「すぐに答えを探さない」

目の前にある複雑極まりない、そして綺麗事では片付かない現実は、すぐに答えなんて出さなくていいから、エイッ！とそのまま丸呑みしちゃう！（もしくはポケットにくしゃくしゃにしてつっこむ！）。実は、答えがわからぬままでも前へ進んだ方が、新しい幸せな方の椅子が見えることがあるからです。ただし、呑み込んだものを、決して吐き出したり捨てたりしないでください。なぜなら、胃袋の中やポケットの中で、いつのまにか優しいものに変身することがありますから。そしてそのときに、答えがわかるかもしれませんから。

そして最後のコツは、「椅子を見つけることに、ひたすら集中！」です。

✤人生のど真ん中に座る椅子

二〇一一年四月。

どんなときでも目を凝らせば、あちこちに幸せは転がっている。そのことに気づいた私と夫は、手術の前に交わした約束どおり、幸せなままの日々を取り戻そうとしていました。入院前よりもずっと、何もかもがありがたく感じたし、以前は日常に埋もれていた小さなことにも、幸せを見いだせるようになっていました。

夫が玄関で「行ってらっしゃい」と、ニコニコ見送ってくれるだけでも、心がうれしさではちきれそうになるし、私と彼が何よりも守りたかった息子の笑顔も、その愛らしさは冴えわたる一方でした。

きっと、胸の痛みや苦しさを味わって、それに耐えることを余儀なくされた心は、喜びや幸福に出会ったときの感受性みたいなものが、ぐーんと上がってしまう。そして人は、命に関わるような病の存在を肌身で感じてしまったら、否応なしに「今」を大切にするようになります。うまく言えないのですが、「今」が深くなる。それは、幸せな色の種類がグンと増えて、それぞれが複雑に調和しながら生まれる新たな色が見える視力がつく……という感覚です。

幸せとは「なる」ものでもなく「もらう」ものでもなく、ただ自らの内に「感じる」ものだとわかったころ。私たちの幸せの芯は、しっかりと守られていました。そして少しずつ太くなりはじめてもいました。でも……やはり夫の病は大きな病でした。そこでハッピーエンドとは、そうは問屋がおろしてくれなかった。ここから先、綺麗事ではないこととも常に並走していくことになります。大切な人の命を左右するような、やりきれない難題が幾度も押し寄せ、私は自分の度量をはるかに超えるような選択を、数えきれないほどしていくことになります。

そんな日々のはじまりのころに見つけた椅子がありました。夫の腫瘍の詳細（手術で切除した腫瘍の病理結果）がわかるまでのあいだの出来事です。

医科大学の研究所に勤めたことのあった私は、夫の病状を少しでも理解しようと、夜な夜な医学論文を読みあさっていました。手術の前に担当医から「とても珍しい病気だろう」ということは聞いていましたが、調べていくと、その病気にもいろんな型があることがわかりました。そして、いちばん悪性度の高いものだった場合は、どの文献にも「予後《よご》は極めて厳しい」と書かれていました。「極めて稀な病気で、残念ながら、治療法は確立されていない」とも。

医師からも「ご本人の前では、なかなか言いづらかったので」という前置きつきで、「かなり進行しています」と、私だけに知らされた日があって、だから私はもう十分いろんなことを呑み込みながら覚悟していたはずでした。病理の型の違いや、型別の進行の仕方、ステージ別の治療の内容、予後や生存率なんかも頭にたたき込んでいました。けれども、懸命に前だけを見てがんばろうとしている夫を見ていると、頭での理解を超えて、どうしても胸がトクンと痛くなります。

「この人にこれ以上、もう悲しいことなんて起こらないでほしい」

「少しでも悪性度の低い型でありますように」

「リンパ節に転移していませんように」

毎日のようにそんなことを願うようになっていました。でも……何かを強く願うということは、そうでなかったときを強く否定することにもなります。願えば願うほど、そうでなかったときのことも同じぐらい頭の中をかけめぐる。

「リンパ節に転移があったらどうしよう」

「仕事には戻れるのかな？」

「夫はどれだけ苦しい思いをするの？」

「私はそれでも、ちゃんと強くいられる？　すべてに対して優しいままでいられる？」


未来に対する心配が、体中からどんどん元気を奪っていきます。そうやって、心の中の幸せのウエイトが、あっというまに目減りしていくことに気づき、これではいけないと思った日がありました。ただ、もうこのとき、私の心の中には「幸せな方の椅子」という魔法の杖《つえ》があったので、それを思い出しさえすればよかった。そうして未来を少しでも明るくするための思考がはじまりました。


このままではまた谷底に逆戻り。それだけは回避しなきゃ。谷底にはもう行きたくない。網にひっかかって苦しむ魚も、二度は無理。幸せなままでいるためには、気持ちの持ちようを変えないといけないけれど、私は何にモヤモヤしているの？

何に対して「嫌だ」と思ってる？

どんな未来を「いちばん」恐れてる？

結果が最悪だったとしても、「そんな夫は嫌だ！」なんて言える訳がない。ステージがどうであれ、夫は夫。彼の中身は、なにも変わらない。私が恐れているのは――。私たち家族が「幸せなままでいられなくなること」。そして、私は優しい心をなくしてしまうことが怖い。だから、病気そのものがいちばん怖いわけではない。

悪性の腫瘍というものは、進行するといろんなところに転移するけれど、たとえリンパ節に転移していたとしても、「心」にだけは転移させてはいけない。

もう、どちらの未来でも、私のやることは変わらない。私は夫を幸せにするだけだ。

この「もう、どちらでもかまわない」という想いが、新たな幸せな椅子を見つけるきっかけとなりました。もともと「幸せな方の椅子」は、未来がどんな顔をしてやってこようが関係なく、いつもそこにあるものでした。どんなときでも用意されている椅子。私はただ、幸せな方の椅子を選べばいいだけ。

そう思えたとき、心にたまっていた苦しい毒素みたいなものがスルスルと抜けて、息をするのがスーッと楽になりました。どんな未来でも幸せな方に手をのばして、勇気を出して前へ進めばいい。ひとつ、またひとつと幸せな方の椅子を選べばいい。

大事なのは、自分の人生に対する自分の態度が「能動的」であるか、「受動的」であるかなんだと思います。何をするかよりも、どんな気持ちで臨むかの方が重要かもしれません。

「自分の意志で、幸せな方を選ぶ」

これほど、人が人生に対して能動的になれることはないのだろうと思います。

あの日「もう、どっちの未来でもいいやん」と思えたことが、私はきっとすごくうれしくて、「よし、かかってこい」という言葉を日記帳に書いています。絶対負けないし、かならず家族を幸せなままにするという想いのこもった文字。「かかってこい」だなんて、まるで、なにかの物語の勇者のようなセリフですが、人は自分の人生の物語の中では、勇者になってもいいのかもしれません。

大変なときにこそ、自分の人生のど真ん中に戻って、未来に立ち向かう勇者となり、主人公になってみたらいい。どう転んだって、自分の物語の中では、ほかの人は主人公になれないのだから。

はじめは弱い勇者でもいい。賢者である必要もない。ドラマや映画の主人公だって最初は弱かったり情けなかったりするでしょう？　だから大丈夫、何があっても幸せな未来のために動ける小さな勇者になってみる。

あの日の私も、「よし、かかってこい」という言葉を書いたとき、きっと、自分の人生の真ん中に戻って主人公になれたんだと思います。だから、この日私が座った椅子を「人生のど真ん中に座る椅子」と名づけようと思いました。

駆け出しの勇者、コテンパンにされる

夫の病が発覚した二〇一一年二月からのほんの数か月の間に、私の心は、まるでジェットコースターにでも乗っているかのように山あり谷あり。「大変なときが、人がいちばん大きく変われるとき」とはよく言ったものですが、当時の私は、未知の経験の中で大きく変化していった……というような立派な感じではまったくありませんでした。訳がわからない方向へ強引に動きだしてしまった人生に、もみくちゃにされて、変化せざるをえなかった……という方が正解です。

でも、そんなときこそ人生のど真ん中に戻って、未来に立ち向かう勇者のようになった方がいい。そんなふうに「人生のど真ん中に座る椅子」を選んだ私は、それからほどなくして、夫の腫瘍の詳細を知ることになりました。

手術で取り出した腫瘍の組織検査の結果は――電子カルテの中に浮かび上がるその結果を見た瞬間、思わず思考が止まるほど、私にとっては衝撃的なものでした。というのも、手術前に聞いていた病名よりも、さらに悪性度の高いものだったから。

その病気のことも調べてはいましたが、私にとっては最も恐ろしいラスボスのようなイメージでした。それに私はなんといっても、まだ駆け出しの勇者でした。たとえて言うならば、いきなり最強のラスボスが目の前にドカーンと現れて、パカーンと頭に痛恨の一撃を食らい、スコーンと豪快にすっ転んでしまったような状態。

二、三日はショック状態から抜け出せず、ボーっとしていたと思います。まだ小さかった息子に心配されている様子が日記に残っていました。

「ねえ、かか～（私のこと）、このご飯、だれが作ったと？　かたさもちょう～どいいし、味もちょう～どいいね。すぅ～っごく上手にできてるよ～！」と、まるで料理評論家のように真面目な顔をして話す息子（当時7歳）。

普段はそんなことを言わない彼に、「へ？」と最初は意味がわからなかったけれど、きっと私が料理に失敗してしまったような残念そうな顔をして、考えごとをしていたからでしょう。ほかにも、息子が突如、当時流行していた「ドドスコスコスコ～」というメロディを歌いながら狂ったように踊りだして、私を笑わせようとしていることにハッと気づいたこともありました。

ただ、私にはもう勇者になる椅子（人生のど真ん中に座る椅子）があったので、やっぱりその椅子に座ろうと思いました。再び真っ暗な絶望の底に行くことだけは、なんとしてでも避けたかったから。じっと落ち込んでいても、ろくなことがなかったという数か月前の苦い経験が、「エイ！」っと心のスイッチを押すのを助けてくれました。目を閉じて深呼吸をして、心の動きをシーンとなるまで止める……そして目をパチっと開けたなら！　ムッキムキで、また自分のど真ん中に戻る。何度も引き戻されそうになったから、何度も深呼吸をしなくてはいけなかったけれど、術後の夫の体が順調に良くなっていたことと相まって、私たちはまた少しずつ普通の生活を取り戻そうとしていました。

そんなころ、夫の病気がわかって間もないときに、私がはじめての「幸せな方の椅子」を見つけるきっかけをくれた友人Ｉさんに、会いに行くことにしたのでした。

悲しかったことは無駄にしてはいけない

Ｉさんは、メールをくれたりしながら、事あるごとに私を支え続けてくれていました。本当にだれかを救うためには、同情なんてこれっぽっちもいらなくて、愛だけが必要なんだという当たり前のことを、当時の彼女とのやりとりを振り返ると思い知らされます。

彼女は、世の中にはどうにもならないことがあることを十分知ったうえで、それでも私の状況をどうにかしようとしてくれた人でした。そしてそう思ってくれたのは多分、彼女も私と同じように大きな悲しみを知る人だったからでした。

そんなＩさんに私は三か月ぶりに会いに行きました。海の見えるレストランで食事をしたあと、海岸で流木を拾い、砂浜に大きな絵を描いたりしながら、まるで女子高生のようにずっとおしゃべりをしていました。

「生きることは甘くないね」とか、「強くなんてなりたくなかったよね」とか……。でも内容に反して、私たちは相手に身をゆだねるようにおだやかに話せていて、冗談を言い合ったり、そして笑い転げたりもしながら、波の音をバックに、ただただ心地よい優しい時間を過ごしていました。

当時は、東日本大震災が起こってちょうど三か月がたったころでもありました。日本中が悲しみや、これからどうなっていくのだろうという不安の中にいて、そんなたくさんの痛みについても、自然と話が及んでいきました。そして彼女は自分自身に言い聞かせるように、こう言いました。

「悲しかったことは、絶対に無駄にしたらいけない」

悲しみの渦中にあるときに、未来へ目を向けることって、実はものすごく難しい。それなのに彼女はもう未来へ目を向けて、「今を無駄にしたらいけない」なんて言う。さすがＩさんだと思いました。

若いころは……いえ、今だってそうかもしれないけれど、悲しいことは、できるだけ経験したくないと思っていました。というか、ものすごくマイナスなものだと私はとらえていました。でも、歳《とし》を重ねて思うのは、悲しいことがない人生なんてやっぱりないし、どうしようもないときに、悲しいことを知っている人が差し出してくれるものって、結構すごい。そのすごさはまるで「魔法のような」という言葉が当てはまるレベルです。

なぜ、どん底にいた私が、彼女のおかげで「幸せな方を選ぼう」というところまで立ち直れたのか。それは、悲しみの渦中にいる人の心に何が必要で、逆に何が必要じゃないかを彼女は知っていて、それが私になんとなく伝わってきたからではないかと思います。

その必要なものとは、私にとっては、ほんの少しの「光」だったし、「私にもできることがある」ということに気づくことでした。

人は暗闇の中にいても、ほんの少しの「光」さえあれば、その光を通して未来を見ることができます。どん底から立ち上がるには、そんな「未来」が必要だということを、彼女は知っていたような気がしてなりません。

そしてＩさんは私に、「大変なことを乗り越えたみゆさんが、みゆさんのまわりの人に、またいい影響をあたえるんだと思うよ」と言ってくれました。

Ｉさんのようになれるなんて、当時はとてもじゃないけれど思えませんでした。でも、悲しみが無駄にならない未来がハッキリと見えているような目をしたＩさんのとなりで、私はふんわりと、そう言ってもらえただけでもうれしいなと感じていました。

幸せなままでいられた日々

二〇一一年六月。

夫は手術のあとの放射線治療を終え、仕事に復帰することになりました。そのころの日常はというと、息子がピンポーン！と帰宅して私が玄関のドアを開けると、彼の背後には元気いっぱいのお友だちがワラワラといます。みんなまだ小さくてかわいくておもしろくて！　男の子だから時折小競り合いもあるのですが、それぞれが自然発光体のような子どもたちがわが家に遊びにくると、家の中がぱーっ！と明るくなる。キラキラ菌だったり、ほのぼの菌だったりをまき散らしながら生きている彼らのおかげで、私たち夫婦がどれだけ救われたかわかりません。

それに子どもたちも、夫のことをとても心配してくれました。

「Oくんのパパの手術、大成功だったよ～」と私が言えば、盛大に拍手をしながら「ヤッター！」とピョンピョンはねる。夫が退院して家に帰ってきたときは、とっても静かにしてくれて、みんな小さいのに、すごく気遣ってくれました。

それはたぶん夫が、この町に引っ越してきて以来、どんなに仕事で疲れていても、夜勤明けでボロボロでも、子どもたちと三つ巴《みどもえ》になって遊んでくれる人だったからでした。授業参観に行くと、「Oくんのお父さ～ん！」と、あちこちから声がかかって、あっというまに子どもたちに囲まれるような人だったから。

そんな夫と子どもたちのおかげで、幸せに包まれた日々が戻ってきました。でも一方で、わが家に加わった、のっぴきならない事情というのが、大きすぎる存在感をもって、私の心にありました。

夫は治療法が確立していない希少がんのステージ4の状態でした。希少がんは、10万人あたり6例未満と定義されていますが、夫の病はその希少がんの中でもさらに稀なもので、10万人あたり0・15人（百万人に1・5人しかいないということです）。対して大腸がんであれば、10万人あたり235人（2020年）。乳がんは、女性の9人に1人が生涯のうちに罹患するといわれています。希少がんというのは、その患者数が少ないがゆえに研究が進まず、診療する側、受療する側（患者側）双方の課題が各段に大きくなります。夫の病も当時は再発後の化学療法が確立していなかったため、再発したらどうしようという不安はかなり大きなものでした。

そして、夫の病の五年生存率は、30パーセント。十年生存率は……当時は医療機関によっては、0パーセントとありました。

五年生存率が30パーセントということは、小学一年生（夫の発病時）の息子の卒業式に夫が出席できる可能性は、30パーセントしかないということになります。仮に十年生存率が0パーセントとすれば、高校の卒業式にはいないことになる。

私の頭の中に、息子の小学校卒業までの時間を刻む時計と、高校卒業までの時間を刻む時計、そのふたつの時計が、深く埋め込まれました。それは幸せな光景の背後で、ひっそりと時を刻んでいるような時計です。

決して消すことのできない現実を孕《はら》んでしまった毎日と、日々流れ込んでくるキラキラした生活。めまいがしそうになるぐらいのそのギャップ。そしてハッと気づいたときの、瞬間的に湧きあがる恐怖感。

おそらく私の心はこのギャップに強い抵抗を感じながらも、相反する二極を行ったり来たりしていました。「大丈夫、私は大丈夫」と思ってはいるけれど、行き来するたびに心がすり減る。「幸せな方の椅子」があったので、手術の前のように、ずっと沈んでいるわけではないのです。ちゃんと幸せな方の椅子も見えている。ちゃんと笑えてもいる。だけどやっぱり苦しい。逃げ道はないようにも思えました。

さて、どうしたらいい？

✤ちょっとご遠慮ください の椅子

たとえば、キャンプや旅行に行ったとき、息子と夫が戯《たわむ》れている様子を見て「ああ、世界一幸せだな」と思う瞬間や、映画を見に行った帰りのエスカレーターで、ふたりが生き生きと映画の感想を語り合っているような場面で、突然、心の中の「幸せ」が「不安」にハイジャックされる……そんなことが私の中で起こるようになっていました。

それは、再発の心配が常にある中で、「この幸せは長くは続かないかもしれない」と思ってしまうから。今、たしかに目の前で幸せな光景が繰り広げられているというのに、なんとも、もったいない話でした。でも、来月の定期検診で再発が見つかれば、また入院するかもしれない。そう思うと、どうしても心がきしんでしまって、簡単に不安に乗っ取られてしまうのでした。

そんなある日のこと。その日は休日で、夫はまだ私の隣でスヤスヤ眠っていました。ふと目の前にある夫の手を握ってみたら、すごくあたたかかった。

「ああ、このぬくもり、高校生のころから変わらないな」と、最初はあたたかい気持ちでいたのですが、ある瞬間に「私はいつまでこの手を握ることができるんだろう……」という不安が出てきて、苦しくなっていきました。

この瞬間的に湧きあがる苦しさを防ぐのはとても難しく、その苦しさを振り払おうと、思わず夫の手を離そうとしたときでした。寝ているはずの彼が、突然ギュッと私の手を握り返し、そして目を閉じたままニッコリ笑ったんです。

その顔があまりにも能天気で、「なんなんだ、この人は……」と少し呆気《あっけ》にとられてしまったけれど、よく考えたら私たちは、今このとき、ちゃんと手をつなぐことができている。つい「幸せな毎日＝不安や心配がない毎日」だと思いがちですが、「それは違うよ。それだけじゃないよ」と、夫の笑顔に教えられた気がしました。

気づけば、わが家のいちばん東に位置する寝室には、朝特有のあたたかい光が満ちていて、優しさが空気のように流れていました。その陽だまりの中で大切な人が眠っている。そしてその人は寝ているのになぜか人の手を握って笑っている……。

その顔を見ていたら、たとえ逃れられない現実があっても、少なくとも今だけは、この空間の中で私も幸せを感じることのできる存在になりたいと思いました。

彼の命が有限だと知らなければ、ここまで人の手のぬくもりを愛おしいと感じることはなかったかもしれない。それがなくなることがこんなに怖いのも、私にとって大切なものが何かわかったから。せっかくそれがわかったんだもの……不安には引っ込んでもらうしかない。そして、陽だまりのような幸せを邪魔しないでもらわないと。

そう思ったら、せっかちな私は、一刻も早く寝室から「不安」とか「心配」と名の付くものには出ていってもらいたくなって——。

「ちょっとごめんなさい！　今、私たち、とっても幸せなところなの。外野（不安や心配）は、遠慮してもらえませんか？　今だけでいいからお願いします」

思わずそんなふうに心の中でつぶやいていました。ホテルに泊まると、「Please do not disturb.（部屋に入らないでください）」という札が部屋に用意されているでしょう？　あれを心の扉のドアノブにかけちゃおうと思ったのです。

これが、新しく見つけた椅子、名付けて「Please do not disturb.（ちょっとご遠慮ください）の椅子」です。

✚ まっすぐ真摯《しんし》にお願いする

「幸せ」と「心配や不安」。このふたつって、対局にあるように感じるけれど、実は、お互いがお互いを内包しているときがあるように思います。たとえば、身を切られるようにせつなくなるのは、深くその人に愛された記憶があるからだったり、相手が唯一無二の存在だからこそ、いなくなるのが絶えられないほど苦しくなったり。

だから、その苦しさから逃れるために苦しい感情だけを消そうとしても、両方が含み合っている以上、無理なのかもしれません。そして「心配や不安」が、もとは自分の愛情から生まれているものだとしたら、それ自体が自分の心や人生そのものを形作っているものであって、自分を自分たらしめるもの。真っ向から否定されるべきものでもありません。ただ、そうした負の感情に、自分の人生の舵を渡してしまったらいけないというだけのことなのだと思います。

だから「心配や不安」を敵のように見なさずに、きちんと向き合って、「今だけは申し訳ないけど、いいかな?」「遠慮してもらえないかな?」と、まっすぐ真摯にお願いしてみる。お願いをする相手は、ほかのだれでもなく「自分」です。だって、まだ起こってもいない未来の心配や不安というのは、自分の心が生み出しているものだから。

もちろん、夫が不治の病を患ったが故に生まれた心配や不安ですから、もともとは病が原因です。だけど、最終的に今の幸せを乗っ取ろうとしているのは、「不安」という名の自分の気持ち。自分の敵だと思っていたものは実は敵ではないのです。

この「ちょっとご遠慮ください」の椅子」は、「幸福な今の時間」を大切に守るための椅子です。応用の範囲が広く、大切なものを守るためなら何にでも使えます。たとえば、職場であったり学校であったりと、どんなコミュニティでも、理不尽なことをされたり言われたりして、気持ちがかき乱されることってあると思います。そんなとき、この椅子にこっそり腰かけることで、モヤモヤしている気持ちには遠慮してもらい、もっと大切なことに心の焦点を合わせる。また、日々の忙しさの中で、心がどんどんしんどくなってしまっているときも、この椅子にしばらく座って、外界の雑多なものを遮断しながら、まずは心や体を静かに休める。日常の中では、ずっとこの椅子に座っているわけにもいかないけれど、たとえ少しの時間でも、意識して「Please do not disturb.」の札を心のドアノブにかけてみるといいと思います。

今だけで十分

二〇一一年三月に夫が最初の大きな手術をしてから、一年半後の二〇一二年九月二〇日。病の再発がわかりました。いくつもの腫瘍が胸にばらまかれるようにできていて、あまりよくない形での再発でした。

このとき、私が前を向いていられたのは、それまでにさまざまな「幸せな方の椅子」を見つけていたからでした。椅子に座る経験を積むことで、いわゆる「心を切り替える力」みたいなものがついてきて、どうにもならないことから意識をはずすまでの時間が、かなり短縮できるようになっていました。もちろん再発のことを知った瞬間は、「来るときが来たか……」と大きな衝撃を受けました。でも、「落ち込んでいてもしょうがないこと」を心が見極めて、そこから離れるまでの時間が異常に早くなっていたせいで、奈落の底に落ちる暇がなかったように思います。

大切な人がそこにいてくれる喜びや、くだらない話をして笑い合えること、そんなごくありふれた日常。その中に、私たちにとっての「幸せな今」はあるし、そんな今がつながって今日がある。もうそれだけで十分だと思えるようにもなっていました。

たしかに不安や心配もあるけれど、今は、こんなに普通に暮らせている。まだ大丈夫、大丈夫。今を一生懸命生きていれば、その先の未来にいる私はきっと今より強くなっている。希望的観測だけれど、心も成長しているかもしれない。だから今のことだけを考えて、未来のことは未来の自分に託そう。いつのまにか、そう思うことができるようになっていました。

✤自分の幸せは自分で決める椅子

幸せは、他人から見てどうのこうのということではなくて、自分が自分の心の内でただそっと感じることさえできれば、だれがなんと言おうとそれはもう正真正銘の幸せです。自分が幸せかどうかを人にジャッジしてもらう必要はないし、自分の幸せを、固定観念や常識に照らし合わせないといけないわけでもない。

なのに人はやっぱり、自分がまわりからどう思われているかが気になってしまいます。私も夫が若くして不治の病にかかってしまったことで、自分が「スタンダードな幸福な人生」みたいなものからはずれるような気がしたとき、それまで以上にまわりの目が気になるようになっていました。まず、夫の病気のことをまわりの人に言うか言わないかだけでも、どう思われるかが心配で、延々と答えが出ない。

・夫が「がん」だなんて言ったらびっくりされるよね。どう思われるだろう？
・ひょっとして、人はこれを「かわいそう」と呼ぶのか？（うーん、かわいそうとは思われたくないなあ）
・幸せなままでいようと思っているけれど、わかってもらえるかな。
・うまく言えないことで、傷つくのが怖いな。やっぱり黙っておこうかな？

夫が病気になったとき、私はまだ三十代だったので、まわりもみな若く、パートナーが大病を患っている人はいませんでした。だから自分が話すことで、自分だけが急に違う世界の人になってしまいそうで怖かった。

人は、いろんなことをシンプルに理解したいがために、目の前の人や物事を分類します。そしてそれは仕方のないことだとも思います。でも、断片的な情報だけで、どこかにカテゴライズされてしまうのは、私はすごく嫌だと思いました。
そんなふうに急に人の目が気になりだしたのは、ひょっとしたら実は私自身がだれよりも、人を無意識にジャッジしたりカテゴライズしてしまう人間だったからかもしれません。夫が病気になったことをきっかけに、私はやっと、世間のものさしで目の前の人を理解しようとしても測れないものがたくさんあることに気づきました。一般的には、マイナスな部類にカテゴライズされそうな条件下にいても、幸せなものを持っている人はきっとたくさんいる。

「仕事の内容はものすごくきついけれど、幸せな人」
(人にありがとうって心から感謝される仕事だから)
「複雑な家庭環境だけれど、幸せな人」
(愛情をいっぱいくれる人がいたし、かけがえのない友人もいたから)
「パートナーがいなくても、幸せな人」
(彼氏、彼女はいないけれど、そのぶん、ほかのことにエネルギーを注いでキラキラ輝いているから)

「お給料は安いけれど、幸せな人」

（お金で買えない幸せをたくさん知っているから）

「お父さん（お母さん）はお空にいるけど、幸せな子ども」

（のこしてくれたたくさんの愛情があるし、今は、まわりの人たちがたくさん愛してくれるから）


こんなふうに書いていると、恐らく何万通り？　いえ、人の数だけ、こんな組み合わせがあるような気がしてきます。断片的には大変そうに見えても、幸せなものが混在している人はたくさんいる。もちろん、その真逆の場合だって同じぐらいあるはずです。

そんないろんな人たちが、いつか胸をはって「私は幸せです」と言えるような世界になればいいと思う。たぶん、そんな人たちが生きている世界は明るい。そしてきっとあたたかい。なぜなら、その人たちは、すぐには人をジャッジしないだろうし、未分類のままフラットな態度で優しく接してくれるだろうから。

もう、目の前の人を自分のものさしだけで見たり、カテゴライズしたりすることはやめようと思いました。そして不思議なことに、相手を分類しなくなると、ほかの人の目があまり気にならなくなり、心もすごく楽になりました。結局自分の幸せは、自分で決めるしかない。やはりそこにたどり着きます。

この椅子の名前は、「自分の幸せは自分で決める椅子」。幸せとは、自分が自分の心の内で、ただそっと感じて、心が少しあたたかい色になること。それは決してだれにも奪えない無双な幸せです。

そんなふうに思えるようになった再発からの日々を、1本ずつ糸にして布を織るとしたら、世界一幸せな色をした布になる。夫もきっとそう言ってくれると思います。

✿人生はミックスジュース

これからも「私たちってどれだけ強いん？」って笑えるように、大変なときでも、ミックスジュースみたいに、ユーモアをグルグル混ぜ込むような女性になるべく、今日も生きていこうと思います。

（二〇一一年七月九日　友人Ｉさんへ宛てたメールより）

人生をミックスジュースにたとえるとしたら、どんなジュースになるでしょう？　これまでの経験や感情すべてが混ぜ込まれたジュースだとしたら⁉
色は？　形状は？　サラサラでしょうか、それともドロドロでしょうか？
味は？　苦いかな？　甘いかな？　ひょっとして「まずーい！」って叫ぶような味？

そんなふうに、人の数だけさまざまなジュースがあると思うのですが、今がどんな色のジュースにせよ、人生が続く限り、これからもいろんなことが混ざり続けるジュースです。多分、混ざれば混ざるほど、ほかにはない自分だけのオリジナルな味になっていきます。いつか熟成してまろやかな味わいになってくれるかもしれないし、さわやかで幸福な香りのするジュースになるかもしれない。

ひょっとしたら、エナジードリンクなんかよりも、ずーっと元気が出るスペシャルドリンクになるかも？　そう思いながら私は、とりあえずグルグルグル全部を自分に混ぜ込もうと思っています。穴に入りたくなるぐらい恥ずかしかったことも、あちゃーっと思うような大失敗でさえ、自分に混ぜ込んでいきたい。

本当はちょっぴりつらいときもある……いや、かなりつらいときもあるんですが、それを自分に混ぜ込んでしまった方が、心は壊れたままになりません。むしろ混ぜれば混ぜるほど強くなります。そしてすべてを混ぜ込んだあとは、自分や大切な人に、うんと優しくなれます。そんなふうに、優しさが広がるようなジュースができたときは、近くの人にも遠くの人にも、差し出せるような人でありたいと思います。

混ぜると強くなる

冒頭で紹介した友人へのメールは、夫の最初の手術から四か月ほどたったころのものです。

病がわかって、木っ端みじんに心が砕けた日から、まだほんの数か月。それなのに、「大変なこと」に「ユーモア」を混ぜるなんて言っています。きっと、この「混ぜる」という感覚が、四か月の経験の中で私が見つけた「最初の答え」でした。深い苦しみが積み重なっていくようなときこそ、すべてを過不足なく自分に混ぜ込んでしまった方が、なぜか前に進めるということを、心が自然と悟ったのだと思います。

悲しいことや困難に出くわしたとき、私たちは、最初はそれを直視できず、目をそむけたり、否定したり、幸せだった過去に戻りたいと思ったりします。その悲しい現実を自分の中に受け入れてしまったら、心の中の大切な部分が壊れそうな気がするから……。でも、すでに自分の人生に起こってしまった現実を認めないことは、自分の人生そのものを否定することでもあります。「こんなの私の人生じゃない」と思うと、苦しくて一歩も前に進めなくなります。

何かを否定するエネルギーというのはものすごく強く、前へ進む力をどうしようもなく奪っていきます。だからそんなときは、「そっか、これが私の人生なんだ」と、まずはフラットな心でまるごと認める。大切な人の苦しみをわかってあげたいと思うときと同じような優しい気持ちで、いったん自分を外から眺めてみる。

そんなふうに自分に起こっている現実を静かに見つめることができると、不思議と心は落ち着きはじめます。もちろん、すべてを呑み込むのは、ものすごくきつい。鉛を呑むとはこういうことなのかと思った日が、私にも数えきれないほどありました。でも、いざ呑み込んだら、人生が少しずつ、確実に進み出します。悲しかったことさえも燃料になります。まるで止まっていた時計の針が、「カチッ」と音をたてて再び進み出す瞬間のように。

だから私は、すべてをなくさないように生きていきたいと思います。悲しかったことも幸せだったことも、過不足なく、自分から生まれた平等な感情として大切にする。そうやって全部をこぼさぬように、かき混ぜながら生きていけたなら、いつかきっと、悲しかったことも優しいものに変わると信じたいのです。

それが、自分の人生をまるごと大切にすることだと思うから。

✿嵐が来る航海に出ないといけないとしたら？

たとえば、明日から長い船旅に出る予定があるとします。それなのに前日の夜になって、数日後には大きな嵐が来るかもしれないと知った。そんなとき、あなたならどうするでしょう。

1．今はこんなに晴れているし、「まあ、なんとかなるでしょ？」と、希望的観測のもと、とりあえず船を出航させる。対策はあとで練ることにする。
2．出航前に最悪な嵐が来ることを想定し、あらゆる角度から情報を集め、できうる限りの準備をして出航する。
3．嵐に巻き込まれて命を落とす可能性もあるのだから、出航を取りやめる。

私だったら、多分3を選ぶし、息子が船に乗ると言い張っても、行かせたくないと思います。それにこういうときは、船会社が出航自体を取りやめるのかもしれません。

だけど……。

不治の病と闘うときというのは、「出航しない」という3の選択肢が与えられないのです。

たとえ大変な未来が待ち構えていることがわかっていても、震える足をおさえてでも進まないといけない。嵐がくるたびに船にしがみつき、どうしたら命を永らえられるかを問うても答えは見つからない。そしてその問いを残したままでも、さらに進まないといけない。

私と夫にも、そんな得体の知れない嵐が待っている海に、二人で手を携え、飛び込む覚悟をした日がありました。なんとかかき集めた勇気で心を満たし、自ら描いた未来予想図を手に、船の舵を握りながら。それはまぎれもなく2を選んだ航海でした。

✤二人が戦友になった日

二〇一一年九月二〇日、夫の病の再発がわかった日の夜のことでした。いろんな不安や恐れが混濁していくような空気の中、車中で交わした夫との会話を、私はとてもよく覚えています。

（昼間の診察で、一人で再発の告知を受けた夫から、主治医の説明の詳細を教えてもらっていたときの会話）

夫（明るい声で）「でもさ！　今は医学も進んどるし、治るかもしれんやろ？　いい薬もあるんやない？」

私「この一年半、いろいろ調べたけどね、パパの病気の場合、そもそもが珍しすぎて研究が進んでないんよ。参考にできるデータも少ない」

夫「……」

私「それに、薬（化学療法）では、たぶん、治らん」
（私は心がいっぱいいっぱいで、なぜかイライラして、吐き捨てるように言ってしまった。本当に申し訳ないほどに）

夫「……」

私「外科の先生が内科にまわすということは、多分手術も無理なんやと思う」

夫「……」

私が普通の心理状態でなかったとはいえ、もっと付け加えるべき言葉があったと思うし、「大丈夫だよ、あなたが死ぬわけないよ」と、マリア様のように優しく言ってあげることもできたはずでした。でもこのときの私は、彼から主治医の説明の詳細を聞いて、すごく動揺していました。

再発はある程度予想していたけれど、思っていたよりも少し早かったこと。播種での再発なので恐らく手術はできない、腫瘍が複数できているから放射線もたぶん無理。化学療法は肺がんのものを受けられるかもしれないけれど、当時の海外のガイドラインには、あまり期待できないと書いてあった。そもそも希少がんゆえにエビデンスのある薬剤（臨床試験などで効果が認められた薬剤）が当時はまだなく、薬を使っても効くかどうかわからない。そして無駄打ちになる可能性もある。それなのに、恐らく副作用はある程度強いものを勧められるだろう。治療が始まれば、息子ともいろんなところへ遊びに行けなくなるかもしれない。

さまざまなことが、脳内で爆発しそうなぐらいの勢いでひしめき合っていて、いつものようなマリア様作戦を実行する余裕なんて、まったくありませんでした。

そんな焦りまくっている私が不用意に差し出してしまった「治らん」という強い言葉に、絶句してしまった夫。その姿を見てはじめて、「しまった……」と思いました。夫の心の奥深くまで、私の言葉が突き刺さってしまったような気がして、目の前が真っ暗になったように感じました。声帯が麻痺《まひ》したかのように、私はそれ以上何も言えず、重たい沈黙が永遠に続くかに思えたときでした。

彼があきれ果てた顔をして、「あんた、そ〜んなこと、よう〜言うわ！　先生でもそんな『治らん』とかハッキリ言いきらんやろ！」と、くくくっと肩をすぼめるように笑いながら言うではないですか。

「ごめん」としか言えない私に、彼はまたそこからしばらく何かを考えているようでした。そして意を決したように、「よし！　わかった。みゆがそう言うんなら、きっとそうなんやろ。俺も覚悟を決めろってことやね？　その前提で（治らないという前提で）動けばいいってことよね？　そのうえで、あがいてやるよ。みゆが夜な夜な調べてくれてたのは知っとうし、頼りにしとうよ。情報収集係はみゆに任せるけ、そのかわり全部教えて」と言ったのでした。

これが、私と夫がそこから続く長い長い闘病生活を共に闘う「戦友」になった瞬間でした。ここから私たちの船は、自らの意志を原動力に、ぐーっと力強く動きだすことになります。そして、夫が私の調べた情報や医師たちの意見も聞きながら、一生懸命考え抜いた作戦を携えて選んだ航路には——恐らく当初は、だれも想像していなかったような未来が待っていました。

✤大切な場面では、楽観主義の椅子には座らない

これは結果論になってしまいますが、もしもあの夜、私が夫を安心させるために、夢物語のような楽観的なバイアスをかけて、現実を排除した言葉をかけていたとしたら、その後の未来が随分と違っていたような気がしてならないのです。

私が不用意に差し出してしまった「治らない」という言葉は、夫にとっては、最強にネガティブな言葉だったと思います。「幸せな方の椅子」どころか、「幸せでない方の椅子」を私が彼の前にポンっと置いてしまった。

なのに彼は、ほんの短い時間で事態を呑み込んで、楽観的な考えを横に置いた。あのときの彼にとって、現実を把握するということは「病気が治る可能性が低い」ということを受け入れることだったし、それは「死」が頭をよぎることでした。

そんな過酷な椅子は、やはり「幸せな方の椅子」ではなかったように思います。これまで登場してきた椅子がどれも、私たち家族のおだやかで幸せな毎日を守るための、

どこか優しげな椅子だったことを鑑《かんが》みても、この椅子はあまりにも残酷で、だれもに勧めることはできません。

けれど、あとになって考えてみると、夫が座ったこの椅子も、私たちにとってはまぎれもなく「幸せな方の椅子」だったのです。なぜならこの椅子のおかげで私たちは、まさに「死ぬ気」で生きる術《すべ》を探す行動に出ることになり、その行動の結果、大きな恩恵に浴することになったからでした。

✤楽観的なバイアスをはずす椅子

ここで、先ほどの航海の話に戻ります。

1. なんとかなるだろうと楽観的に考えて、とりあえず航海に出る。
2. ありとあらゆる情報を集めて対策を練って航海に出る。

このふたつの違いの中に、病と闘うときにも役立つ大切なヒントが隠されています。

1だと、根拠のない楽観主義で現実をぼんやりさせたままになるので、真実と向き合うことが遅れます。楽観的なバイアスをかけながら前へ進むことの本当の怖さは、目の前にある真実や選択肢を「無自覚のまま」見逃してしまうこと。最初は楽かもしれませんが、あとで眼前に現れる現実（嵐）の前では、なす術がなくなってしまいます。

2だと、正確な情報を知ったが故に、1とは比較できないほどの危機感を抱くことになります。その分、自分たちにできるベストな対策をすぐに探しはじめます。人というのは、実は切羽詰まったときほど、考えたことを迷うことなく行動に移すことができます。そして、そうやって行動すると、未来で選べる選択肢が増えていることに気づきます。

私たちの場合も、病の再発という、のっぴきならないものに対する最初の態度が、その後のすべてに影響を与えていきました。

あの夜の夫は2を選んで「楽観的なバイアスをはずす椅子」に座り、そのうえで自らの未来を一日でも永くしたいと願いました。そして、その祈りにも似た焦燥感を起点に、彼は自分の運命を左右することになる治療法に出会います。実はその治療も、医師からは「効く確率は1割」と言われるような治療でした。それでも、私がためこんだマーカーだらけのファイルにすべて目を通し、信頼できる機関の情報コンテンツを見終えた夫が、受けてみたいと言ったのがその治療でした。本当にそれでいいのかと心配する私に彼は言いました。

「もしも効かずに失敗しても、そのときはそれでいいと思ってる。一か月だけでもいいから受けてみたい」

そして「失敗しても失敗した例のデータになれたらいい。未来のために役に立つだろうから」と言い切りました。

失敗してもだれのせいにもしないと言ったあのときの夫の顔は、自分の命をかけてでも、人生の舵をしっかりと握って嵐を進もうとする船長さんのようでした。

私自身はというと、「吐きそうなぐらい（その治療法でいいのか）悩んだ」と当時の日記に書いてあります。夫の目には微塵《みじん》の迷いもなかったとも書いてあります。たぶんそれは、やむを得ず一度きちんと絶望したことのある人の目でした。

そして、彼の決断は功を奏します。彼は自分が望んだ治療を受けることになり、それから9年間もの時間を、その治療を軸に生き抜くことになりました。

9年間。それは、私たちにとっては、当初は夢見ることさえ許されなかった長い年月でした。悪性度の高い部類のがんだったことを思うと、彼は幸運だったと言われるのかもしれません。だけどそれは運だけではなくて、厳しい現実を悟った夫だからこそつかみ取れた未来でした。

「現実から目をそらさずに、いったんすべてを理解したうえで（受け入れたうえで）、一日でも永く生き延びる道を探る。現実を悟っているからこそ奇跡を起こせるし、起こしてみせる」

これが、彼の生涯を通して決して変わることのなかったスタンスです。

本来は「超」がつくほど楽観的で能天気な私と夫でした。でも、あの夜だけは、楽観的にならずによかった。私の差し出した最悪な椅子を、「幸せな方の椅子」に変えてくれた彼を、私は心の底から誇りに思います。

幸せと不幸の境目

人生には二通りの生き方しかない。
ひとつは奇跡など何も起こらないと思って生きること。
もうひとつは、あらゆるものが奇跡だと思って生きること。
By アルベルト・アインシュタイン

二〇一二年十一月。

再発からほどなくして、夫はM先生という医師に出会うことになります。夫がのぞんだ治療をしてくださる先生でした。偶然にも夫の手術をしてくださった主治医の先輩にあたる先生だったこともあって、思っていたよりもスムーズにM先生までたどり着くことができたのでした。

M先生は医者というよりは「研究者」と言った方がしっくりくる方でした。M先生の口からぽろりとこぼれる言葉は、普通のお医者さんとは随分と違うものでした。

夫のように腫瘍が種のように胸の中にばらまかれている状態での再発は、とてもやっかいな部類の再発になります。なのにM先生は、夫のCT画像を見ながら「ま～だま～だ、軽い軽い！　大丈夫大丈夫！」と笑顔で言ってくださるし、私がひとつでも質問しようものなら、何通りものかたちで、たくさんの答えをくださるようなところがありました。がんに対して世界中で行われているさまざまな研究や、新しい薬の臨床試験のことなども、どんどん教えてくださる先生でした。何よりも「まだまだ、あきらめなくていいよ」と言ってくださることが、どれだけうれしかったことか。それは、未来に小さなろうそくのあかりが灯《とも》るかのようでした。

それでもやはり、がんというものはどうしようもなく手強くて、その治療で、夫の腫瘍が小さくなることはありませんでしたが、体に悪さをするほどまでには大きくならない状態を、数年間保つことができました。それは私たちが当初この治療に期待したよりも随分と長い時間でした。息子が小学3年生から中学生になるころまで、普通のお父さんが子どもとしたいと願うようなことはほぼすべて、夫はできていたと記憶しています。ドライブ、旅行、サイクリングやキャンプ。夫の希望で、息子と男二人だけの旅に出たこともありました。夫にとっては「命の限り」を意識していたからこそ、息子と叶えたかった夢を実現し続けることのできた数年間でした。

私の日記にはこんなふうに書いてあります。

私たちが幸せなままでいるためには、どんなに小さくてもいい、光や希望みたいなものが必要だった。それは、他人から「そんなの光じゃないよ」と言われても、自分たちが光と思えればよかった。

病気が再発してからの時間は、「一瞬先は闇」だけでは決してなくて、「光」もある。それを知った私たちはこの先、大小関係なく、光や希望に見えるものを、大切にかき集めながら、人生を形作っていったように思います。

最初に夫の病がわかったころは、それこそ「幸せな方」と「幸せじゃない方」のふたつの椅子を見比べて、「こっちは絶対嫌。だからこっちに座ろう」と、力づくで幸せな方の椅子を選ぶことが多かった私でした。でも、再発後の日々で、あらゆることにありがたみを深く感じるようになったころからでしょうか。「幸せ」とか「不幸」とかの境目がわからなくなったというか、線引きをしなくなったというか、もはやどうでもよくなっていきました。

目の前で何かマイナスな事象が起こったとしても、それは幸せな方へ転じることができる。そして「それまでの時間」のうえに「新たな幸せな時間」が積み重なる。そんな経験を繰り返していくうちに、「転じる前の過去」と「転じた後の未来」が、地続きの「ひとつのまとまり」のように見えるようになっていたからでした。

腫瘍がまたいつ大きくなりはじめるか。それは来月なのか、一年後なのか。先が見えない不安定さと常に隣り合わせの日々でしたが、だからこそより一層、いつも通りの日常の重みは増し、日々の小さな幸せが、心の中で最大化されてふくらんでいくような感覚がありました。それと同時に、起こったことに対する憤りや恨みのようなものは最小化されていき、私たちは今を味わい尽くすことに、より集中できるようになっていました。
「今日も世界一幸せだった！」という言葉を何度も日記に書くほどに、私たちはもう決して不幸ではありませんでした。

今と未来のあいだに永遠をつくる

「幸せな日を過ごして、優しい気持ちでその日を終えることができたなら、その瞬間、未来で思い出せる幸せな日が、一日増えたことになるよね」

当時、福岡県の北九州市にあったスペースワールドというテーマパークの「ガンダム展」を目当てに、家族三人で出かけた帰り道、夫とそんなことを話しました。

人が皆、一人残らずこの世を去るときがくるのなら、一日が終わるたびに、大切な人と過ごす日々は「一日減ってしまう」ように思います。砂時計をイメージしてみると、わかりやすいかもしれません。幸せな一日が終われば、上にある砂はたしかに減っています。だけどその分、砂時計の下の方には「幸せな記憶の染み込んだ砂」が増えているはずです。生きることのできる時間はたしかに減っていくけれど、増えていくもの（あたたかな思い出という名の記憶）もある。こう考えると、たとえ命に限りがあっても、過ぎていく時間を悲しむのではなく、慈しみながら生きていくことができるように思います。

夫は「死ぬ覚悟」ではなくて、一日でも永く「生きる覚悟」をして生きていましたが、それでも、自分が亡くなったあとの世界のことも常に考えている人でした。

彼は、私と息子の「未来」が少しでも大丈夫であるようにと、いろんなことを考えているようでした。とくに彼は、自分が残せるものすべてを、息子の記憶の中に残したいと思っているような節がありました。愛してやまない息子の記憶に「生きている自分の中にある、ありったけのもの」を残すのは、彼が「未来」に確実に残れる唯一の方法だったのかもしれません。きっと死を意識している人以上に、毎日を大切にできる人はいないのだろうと思います。

それは私も同じで、そうなると、息子の頭の中を、大切な記憶でいっぱいにしなくてはなりませんから、私たちは、毎日を幸せに過ごす達人になる必要があります。楽しい思い出はもちろんのこと、彼が自分の人生を歩む際に思い出してほしいことも伝えないといけないし、時には本気で叱ることなんかも含めて、日々のすべての瞬間が重要なものとなっていきました。

困った人がいたら、そばに近寄って「じゃあ、僕には何ができるかな?」と真っ先に聞けるような人になってほしいこと。

この人は本当に大事な友だちだと思えたことが一度でもあるのなら、生涯大切にすること。

その友だちが悩んでいたら、その悩みがあまりにも大きくて、自分には何もできないように思えても、真っ先に飛んで行ってそばにいるような人であってほしいこと。夫が病気になったからこそ、私たち夫婦が息子に伝えることになったこともたくさんありました。

当時つけていた日記帳(ほぼ日手帳や、五年日記、十年日記)を見ると、当時の様子がよくわかります。まるで宝石箱の中の宝石のように、ページがキラキラしています。五年日記、十年日記となると、一日の文章自体はとても短いのですが、息子とのストレートな会話の中に、私たち家族の真実のようなものが透けて見えることもたくさん書いてあって、まるで過去の私たち家族三人からの、未来への伝言のように思えます。

私たちはおそらくあのころ、「今」と「未来」の挟間《はざま》に「永遠」をつくり続けようとしていました。

桜の花びらが舞う日

息子が小学校を卒業するころに、五年生存率に入った夫は、そのあとも慎重に小さな奇跡を積み重ねながら、余命を少しずつ覆していきました。

そして令和元年の桜の花びらが舞う日。私と夫は、自分たちが青春時代を過ごした高校の体育館にいました。ちょうど三十年前の平成元年に、私たち夫婦が出会った同じ高校へ進学する息子の入学式のためでした。

式が終わって移動した教室で、息子のうしろの窓に、風で巻き上げられた桜の花びらが、ゆったりと流れていく景色の中、夫はうれしそうにビデオを撮っていました。私は、叶わないと思っていた夢の中にいるようで、あふれる涙で視界が滲《にじ》むほど幸せでした。

けれど、この日を境に、夫の腫瘍は、たががはずれたかのような勢いで進行していきました。

愛する人から、ひとつずつ何かが失われていく瞬間を、目の当たりにしないといけない日々の心の痛みが、私の中から消える日はもうありませんでした。

どんなに平気なフリをしても、心には毎日やわらかな傷が無数についていては血が滲む。もしかしたら、人間の尊厳みたいなものまで、奪い取りにくるつもりなのかと思えるほどの病の勢いに、私たちが少しずつかき集めてきた小さな光や希望、信じた言葉や未来、勇気をくれた音楽さえも、砕け散ってしまいそうで、私の心は壊れそうでした。

それでも私は、夫と息子の前では強くて明るいお母さんのままでいたかった。彼らを笑わせたかった。一瞬でも優しい風を吹かせたかった。それは家族の幸せを守るために、幸せな方の椅子に座り続けてきた私の最後の意地でもありました。

心の痛みに強い麻酔を打ってでも、いつものように息子と夫の笑いをとりにいく。

毎日の中に、ひと匙《さじ》でもいいからぬくもりを混ぜ込む。それが夫が亡くなる前に私が選んだ、最後の「幸せなままでいる椅子」でした。

やがて「涙が出ない」のではなくて、「涙を流さずに泣ける」ようになってしまったころ、超人的な強い心で病と闘い抜いた夫は、最後まで私と息子を愛してくれたまま、空に旅立ちました。

三七歳のときに病気になった彼は四八歳に、小学一年生だった息子は、高校三年生になっていました。

2 優しい椅子からの眺め

時空を超えて届いた声

時は流れ、夫が亡くなってすべての季節が一巡りしようとしていた二〇二二年の初夏のころでした。息子が「これさ……パパが作詞したんじゃないかな」と、夫のギターケースの中から、一枚の紙切れを見つけてきました。その紙には彼の文字でこんな言葉が綴《つづ》られていました。

どうしようもない現実はいつもそこにあって
〇〇　ためいきだけが　少し　増えた
このまま　いつまで続くのかな……
いつまで続けるのかな……

自分をごまかす　ダウンする　夜は
いつでも思い出す　君の声
やさしくて　強い声を

いつか僕が立ち止まっても
○○　歩き出せる　きっと
進め前へ
進め明日へ

作詞：夫（たぶん）

そこに書いてある言葉を見て、私は息を呑むというよりは、しばらく絶句していました。

「たとえ世界が明日滅びると知っても、私は、リンゴの木を植え続ける」

これは夫が大切にしていた、かの有名なルソーの言葉ですが、彼はたとえ明日命が尽きると知ったとしても、生きることをあきらめないような人でした。また、彼が亡くなったあと、わが家にお参りにきてくださっただれもが、夫のことを、「とてもじゃないけれど、普通はあんなに強くはなれないよ」「あれほど前向きにがんばれる人を見たことがない」と言ってくださいました。

だから私は、「いつか僕が立ち止まっても」という夫の文字を見たとき、夫が自分の命が尽きたあとの世界に想いをはせて書いたものだと感じたのです。もしそうだとすれば、「進め前へ」は、遺された者へ向けた言葉ということになる。そんな彼の文字をなぞって初めて、彼の気持ちに触れた気がしました。そして、彼が亡くなる数日前に、「俺の知りうる限り、みゆが世界でいちばん優しくて、世界でいちばん強い人だよ」と言ってくれたときのことが頭をよぎった瞬間、彼の声が時空を超えて、私の心の芯まで届いた気がしました。

人前では決して下を向かなかった彼が、一人ためいきを落とした夜に、私の未来を願ってくれていた。そして、彼は未来の私が「歩き出せる」と信じてくれていた。

「進め前へ」

「進め明日へ」

夫のこの号令があれば、私は何度だって歩きだせる。そう思ったら、私も夫のように強い人になれる気がします。そして今日も彼の声が、私の行くべき道を照らしてくれます。私の目の前に広がる道には、もう彼がいないようにも見えて、少し心細くなるときもありますが、この号令があれば大丈夫。今日も私は、「えい！」と一歩前に進みます。そして彼に「ありがとう」と、心の中でつぶやきます。

✤優しい椅子

そんなわけで、今日も私は少しずつ前へ進んでいます。今の私は、過去のうれしかったこと、悲しかったこと、幸せだったこと、怖かったこと、悔しかったこと……そのすべてが、仲良く手をつないだときにしか見ることのできないような、優しい世界にいます。

息子は大学生となり、授業やレポートは大変そうですが、あいかわらず友だちに恵まれて、毎日がとても楽しそう。

正直に言うと、夫が亡くなる前は、夫がいなくなったとき、「私はどうなってしまうんだろう？」「息子は、果たして大丈夫なのだろうか？」と思っていました。

いつか必ずやってくるはずの未来でしたが、そのほんのひとかけらさえも、私はイメージできていなかった。でも結果から言うと、私の未来は――どうしようもないほどに大丈夫でした。

「どうして、私は大丈夫だったのだろう？」と今もずっと考えていて、まだその答え合わせのさなかですが、やはりそれは、私が「幸せな方の椅子」に座りながら紡いできた時間と、関係があるように思います。

夫の十年間の闘病中には本当にいろんなことがありました。どうしようもない絶望とか、あり得ないような希望とかが、常にごちゃ混ぜになって押し寄せてくるような日々でした。でもそんな中でも、「悲しい出来事」と「幸せな気持ち」は両立できる。そのことを「幸せな方の椅子」が教えてくれたおかげで、私の心は悲しい気持ちだけに占領されることなく、前を向いていられたのかもしれません。

そして、幸せな方の椅子は、やっぱり「どんなときにも」存在する椅子だったということを、今改めて思います。

実は、夫が亡くなったころの私は、「これからの人生は、過去の幸せを、ただひたすら大切にするためにあってもいいのかもしれない」と思っていました。

彼が亡くなったときに、私の世界はいったん、ピタっと静かに止まりました。それは、自転していた地球が静止するかのようだったし、映画にたとえるとしたら、最後のクライマックスの闘いが終わって、エンドロールが静かに流れているような状態。私は新しい未来は欲しておらず、夫が残してくれたものや、家族三人で紡いだ幸せな記憶さえあれば、もう十分に余生を暮らしていけると思っていました。

だけど……エンドロールが終わり、映画館にパッと明かりがついたとき、これまでの「幸せな方の椅子」とはまたちょっと違う、「新しい椅子」が目の前に置かれていることに気づきました。

その椅子は、ただ静かに座ればよくて、「もう何も心配したりがんばったりしなくてもいいんだよ。とりあえずゆっくりしてね」と、夫が置いてくれたようにも感じました。そっと体を預けてみると、何年かぶりの安堵感に肩の力が抜けていくようでした。

そして、想定外だったのはここからです。今度は映画館の扉の外に私をいざなってくれるような「優しい椅子」を置いてくれる人が、あとを絶たなかったのです。

夫が亡くなったときが、コロナ禍の緊急事態宣言下であったために、葬儀は近親者のみで行ったのですが、そのことが、思わぬ「優しい時間」を連れてきてくれました。初七日が終わったころからでしょうか。夫が生前お世話になった方々が、わが家まで毎週のようにお参りにきてくださったのです。

お葬式であれば、おそらくこれほどたくさんの方と、ゆっくりは話せなかったと思います。それが、お一人、もしくは二、三人ずつの少人数で、時間や日にちもずらしながら来てくださったので、皆さんそれぞれと一時間、いえ、それ以上、夫の思い出を語り合うことができました。皆さんが話してくださる夫の生前のエピソードのひとつひとつが、私の心に染み込んでいきました。

私は、夫の思い出がたくさんの方たちの心の中にも残っていることを知ることで救われ、お一人お一人が訪問してくださるたびに、元気になっていきました。それはまるで、まだ生々しかった心の傷の上に、少しずつかさぶたができて傷口がふさがっていくようでもありました。これは、思いがけず差し出された「優しい椅子」でした。

そんな訪問が落ち着いて百箇日《ひゃっかにち》を迎えるころ、まるで何年も張りつめていた糸がプツンと切れたかのように、私の体のあちこちが壊れてしまったことがありました。その際にお世話になった整骨院の先生のことも思い出します。

　ひたむきな若い先生で、私と同じように、近しい大切な人をなくした経験を持つ人でした。そのことをはじめて知ったときは、私の心もズンっと痛みました。でもきっと同じ痛みを知る優しい人にしか置けない椅子が、そこにはいつもありました。座ると気持ちがほどけて、ほっとする椅子でした。そんな一期一会の中で、気づけば私は、体の痛みもやわらぎ、他愛のない話でもおなかの底から笑えるようになっていました。そして「私はこんなに笑えるし、ちゃんと元気に生きてるんだな」と思うとうれしくて、思わず涙がこぼれそうになった日もありました。その椅子もまぎれもなく、私が再び歩き出すために力を貸してくれた「優しい椅子」でした。

　夫の友人、知人、同僚の方、私の友人、知人たち、そしてもちろん息子を筆頭に親族も、皆それぞれが、それぞれにしか置けないような優しい椅子を、私の目の前に何度も置いてくれました。彼ら、彼女らがいなかったら……たぶん私は今もまだ、真っ暗な映画館の中にいただろうと思います。

　未来を欲さず、過去だけを欲して生きていければいいと思っていたのに、人生は、今日も新しい幸せを、私に見せようとしてくれます。私が目をひらけば、きっと明日も新しい幸せが待っている。それを受け取りなさいと人生が言うのなら、私は大きな声で「ＹＥＳ！」と言おうと思います。真っ暗な夜に、夫が私を信じてくれたように、前へ進もうと思います。

夫を亡くしたけれど、失くさなかった日

夫が病気になったとき、私たちは「病気になったけど、幸せなままでいようよ」という約束をしましたが、実は彼が亡くなる前に、もうひとつの約束をしていました。

それは、

「夫が天国に行っても、笑顔を忘れずに幸せなままでいる」

という約束。今思えば、この約束があったからこそ、私は夫が亡くなったその日さえも、不幸になるつもりはなかったのかもしれません……なんて、今でこそ、そんなふうに言えますが、当時の私には、叶うかどうかわからない「未知」のことでした。

出たとこ勝負ではないですが、答えのないその道を、また一生懸命歩かねばならないと思っていました。

でも、夫が亡くなって四十九日とか百箇日を迎えるころまでの、人生の中でもそうそう訪れることのない「故人を想う特別な期間」に、私はそれがもう可能なことであるように思えて、少し安心していました。

まず、夫が亡くなって一か月後の日記には、「九月は、とても優しくて静かな一か月でした」と書いています。そして百箇日を迎えるころの日記には、「仲のよい同僚に『もう私は、十分すぎるほど夫に幸せにしてもらってたからね、大丈夫』と笑顔で話せたことがとてもうれしかった」と記しています。

そうやって日記を読み返していくと、実は最初の日、夫が亡くなったその日に、幸せなままでいるための答えにつながるような気づきが、どうやらすでにはじまっていたことがわかります。

お通夜が終わって、お客様が帰ったあと、息子と私と夫は、三人水入らずで過ごすことができました。このときの特別な時間が、そのあともずっと私が彼を失くさずにすんだことへのはじまりだった気がします。

お通夜の日とはいっても、実はやらないといけないことが結構あって、夫の遺影の写真を、あれでもないこれでもないと、まるで夫婦漫才でもしているかのように私と息子がわぁわぁ選んでいるのを、夫がニコニコ見守ってくれている。そんな、どこまでも私たちらしい空気が家中を包んでいました。そしてそこではもう、夫の痛みを心配したり、命に関わるようなことに気を配ったりする必要はない。ただただ三人で久しぶりに一緒にいるような、おだやかな時間でした。

あのときは気づいていなかったけれど、朝早くに彼が亡くなってからすぐに、さまざまなところに連絡をしたり、葬儀の打ち合わせをしたり、家を片付けたりと、私はとにかくバタバタしていて、悲しんでいる暇がありませんでした。なので、家に夫を戻せたときは、「やっと帰ってこられたね」という想いの方が強く、悲しみも常にそこにありましたが、とりあえず肩の荷をおろすように横に置いておくことができました。

そして、やはり彼は最後の最後まで、もうこれ以上は無理なのではと思うほど、がんばってくれていたので、その苦しむ姿をもう見なくてもいいという安堵《あんど》感のようなものも、あのおだやかな気持ちの奥にはありました。

私たち三人が、いつもくっついて笑ったり、ふざけたりしていたリビングで、最後の夜を過ごせたことが、優しい未来につながったように思います。通夜の日も葬儀の日も、陽だまりのようなあたたかな光が部屋に満ちていました。この家全体が優しく見守ってくれているようでした。

お通夜の夜、夫の棺《ひつぎ》の横に布団を敷いて、家族三人で川の字で寝ることにしました。家族旅行のときのように夫と私に挟まれて、息子がすやすや眠っているのを見たとき、胸の奥がじーんと熱くなって、思わず「パパ、幸せだね」と、涙声で話しかけていました。そしてこの夜を眠って過ごすことがもったいなく感じて、ごそごそと起き出して、しばらく棺の上に両腕をおいて夫の顔を見ていました。そしたら彼が「にっこり」笑ってくれた気がして。私は彼を失うどころか「もうずっと一緒だからね、大丈夫だからね」と思いました。そしてこの夜から私は、彼を失ったと思ったことが、一日もありませんでした。

「俺さ、死んでしまったらね、もうやっぱり死後の世界とかなくてさ、『無』になると思うんよ。だけど、もし死んでみて目を開けたとき、『え⁉』ってビックリするような世界があったとするやん？　そしたら、みゆにピタ～っとくっついて離れんどってやる。二十四時間ずっと守ってやるけね」

そんなことを、生前彼が話してくれたからかもしれませんが、葬儀が終わって迎えた翌日の朝も、起きた瞬間から、陽だまりに包まれているような安堵感がありました。そして彼がすぐそばで見守ってくれているような気がしました。「夫は死んじゃったけれど、そばで見守ってくれている」と思えたこと。これが、私が幸せなままでいることができた大きな理由のひとつかもしれません。

もちろんそこには、息子という、いつのまにか夫に負けず劣らず、私を救ってくれるような言葉を、豪速球でゴンゴン投げてくれる頼もしい存在があったからというのもあります。

夫が亡くなったその日に、夫を失わずにすんだということが、私のその後の人生を支えてくれる大きな土台となりました。だからこそ、四十九日、百箇日と続いた故人を想う時間の中で、彼が生前伝えてくれたことの意味を、改めて純粋な気持ちで思い返すことができたし、彼の「死」からさえも、いろんな感情を育てることができました。

人は、自分が幸せになるためだけではなく、だれかを幸せにするために生まれてきたのだとしたら……だれもに最後に訪れる「死」というものが、遺された人を悲しませるだけのものであってはいけない。遺された方も、自分を幸せにしてくれた人のためにも、残りの人生を幸せに生きていかなきゃいけない。

愛する人の死を、自分の不幸にしないためには、「亡くなった人を失くさなければいい」。そして、その人を思い出すたびに、おだやかな気持ちになれたなら、ずっと一緒にいることができる。もし悲しい気持ちになってしまったときは、そこにたしかにあった幸せな記憶を守るために、まとわりついてくる悲しみを、少しずつ、優しくゆっくりはらってあげる。

まるで天然記念物を慎重に保存するときのように、過去の記憶を守ってあげられるのは、自分しかいないのかもしれません。そして、悲しみで固められてしまいそうな記憶を、やわらかく耕すことができたなら、そこからまた、優しい「今」や「未来」へつながるものが育つかもしれない。

そんなふうに、大切な人との間に育んだ幸せを守ることができたら、亡くなった人をも大切にすることにつながり、亡くなった人の人生そのものを肯定することになるように思います。

大切な人の「死」を、不幸なものとせずに、これからの人生を生きていくための優しい力にする。それは遺された者に与えられた宿題であり、亡くなった人を「幸せな人」にできる唯一の道かもしれません。

✿「のに」をとる椅子

そんなふうに、夫が亡くなってからも、彼を失くさずにすんだ私でしたが、自分でも気づかぬうちに、負のスパイラルみたいな思考に入りそうになるときもありました。ちょっと油断すると、後悔の念がむくむくと育ちそうになったことも、もちろんありました。

そんなときの私を、何度も救ってくれた椅子があります。それは、自分の思考から

「のに」をとる椅子です。

たとえば、「あんなにも幸せだったのに（夫はいなくなってしまった）」から「のに」をとって、「あんなにも幸せだったね」で止めたらどうでしょう？

「あんなにがんばったのに（だめだった）」から「のに」をとると、「あんなによくがんばった」と笑顔で終われるかもしれない。

「あんなに愛していたのに」から「のに」をとると、「私はあんなに人を愛せた」となって、過去の記憶が、優しい宝物に変わります。

そうやって、いろんなものから「のに」をはずしていくと、私は随分と楽になりました。そして、過去の幸せな思い出を、その幸せの真価を損なわずに思い出せるようになりました。

「夫はあんなに優しい人だったのに、死んでしまった」ではなくて、「夫はあんなに優しい人だったからこそ、私と息子を最後まで幸せにしてくれた」。

「のに」を使うときって、その前が、とても良いことが多いんです。そんな良いことを否定してまで、悪いことを連れてこようとする。「のに」は、結構な曲者《くせもの》かもしれません。だから私は、夫の人生のありとあらゆることから「のに」をとって、幸せだった出来事を守りたいと思います。

夫が亡くなった日に駆けつけてくださった、彼が生前とてもお世話になっていた職場の方が、「みゆちゃん、今日はいい思い出だけを語りましょうね」と言ってくださったことがふと頭をよぎります。

夫の人生からだけではなくて、私の人生からも「のに」を、なるべくとっていきたいし、息子の人生からも「のに」をとってあげることのできるお母さんでありたい（でも、これぱかりは、ガミガミ怒っているときは難しいかもだけど！）。

そして、目の前にいる人とも、「のに」をはずして話ができるような人になれたらいいなと思います。

子どもの椅子

「つらいことや『なんで？』って思うことがあったときに、Oくんにもね、幸せな方の椅子にすわってほしいな。こわいとき、かなしいとき、『ぜったいすわれない』と思うようなときにこそ、ぎゅっとふんばってすわってみて。きっと、Oくんならすわれるからね。パパとかかの子だから大丈夫。ぜったい、すわれるからね」

夫のはじめての大きな手術が終わり、少し落ち着いたころ、まだ小学一年生だった息子にこんなことを話したことがありました。息子は遊ぶことに忙しくて、一応聞いてはくれたものの、「まだちょっと難しかったかな」と私が日記に書くぐらいの反応でした。その後、彼と「幸せな方の椅子」のことを話したこともなかったので、きっと息子の心にも残っていないと思っていました。
それから十年あまりの月日がたち、夫が旅立って、私も息子もまだ忌引きでお休みをいただいていたときのこと。
「Oくんは大丈夫？　きつくない？」と尋ねたら、いつもの通り「俺は大丈夫よ」という返事。「Oくんはいつだってそう言ってくれるもんね。でも、ほんとうに大丈夫？」としつこく聞くと、こんな言葉が返ってきました。

「俺さ、たとえば嫌なこととか困ったことがあったらね、そんなときは、一回立ち止まると。そんで『こっちとこっちがあって、こっちの方がいいよな』って思ったら、そっちにいけると。今日も、まだちょっときつかったけど、パパが東京で買ってくれたヘッドホンとキーボードがあるやん？　あれを出してきて、ずっとパソコンでゲームしよった。その方が、俺らしい供養な気がしたし、パパもうれしいかもと思ったし、気もまぎれたよ」

びっくりしました。きっと、豆鉄砲をくらったハトのような顔をしていたと思います。

「こっちとこっちって、まさか⁉ 覚えてるの？」


残念ながら、「幸せな方の椅子」という言葉は、十七歳になった息子の頭からは抜け落ちているようでした。でも彼は、これまでもずっとそうやって気持ちを切り替えてきたこと、そしてその切り替えが、自分でもおかしいんじゃないかと思うぐらい早くできることを教えてくれました。

思えば息子は、小さなころからいつだって、その脳みそをフル回転させては、私と夫の力になろうとしてくれました。私が息子を心配しようとしても、なぜかそのたびに、安心させられることの方が多かった。彼は、私と夫の前では不思議なほど悲壮感をまとうことがなかったし、折れることもなかった。そんな息子の屈託のない笑顔に、どれだけ救われたかわかりません。

でも「折れない人」の中では、必ず何かしらの思考が展開されているはずでした。そんな当たり前のことに、私は随分長いこと気づいてあげることができませんでした。きっと私や夫の見えないところで、彼は何度も「折れないための折り合い」を、その小さな胸の中でつけていたのでしょう。
夫が病に侵されたとき、私は病気そのものへの心配と同じぐらい、子どもの「今」や「未来」を守れるか心配でした。そして、必ず守ろうと思いました。けれど気づけば、息子がいたから私も夫も強くなれたし、優しくもなれた。何よりも、果敢に病へ立ち向かうことができました。子どもを守るつもりだったけれど、私と夫の毎日を守ってくれていたのは、息子の方でした。

そんな息子は、夫亡きあともあいかわらず頼りになる存在です。私がいろんなことで悩みそうになったり、後悔しそうになったりすると、真実をガツ～ンとついた大人顔負けのアドバイスを投げ込んできては、私の不安を木っ端みじんに砕いてくれる。おかげで私の悩みなんてちっとも長くは続かない。そしてその威力は、夫のそれとよく似ています。私が悲しみだけに呑み込まれずに、優しい気持ちでいられたり、毎日笑えたり、時に静かに夫を想いながら過ごすことができたのは、息子が絶妙な距離感で、ずっとそばで支えてくれたからでした。

夫が亡くなって十か月がたとうとしていたころのこと。若者に絶大な人気を誇るYouTube番組「THE FIRST TAKE」で、夫が生前、愛してやまなかった斉藤和義さんが、名曲「歌うたいのバラッド」を歌った翌日のことでした。

息子が私の部屋まで来て、教えてくれました。

「歌うたいのバラッド、まじでやばかったよ。いいヘッドホン（パパが買ってくれたあのヘッドホン）で聴いたらさ、生歌みたいで鳥肌たった。すごい良かったから、ぜったい聞いてみて。できたらいいヘッドホンで聞いてみて」

そして二階から夫が大切にしていたGibson（ギブソン）のギターをひっぱりだしてきて、ギターケースの中から夫が作詞したであろうメモを見つけたと手渡してくれました。

息子「斉藤和義のライブ、俺、今度、一人で行ってみようかな〜」

私「うんうん、昔三人でよく行ったもんね。Oくんはまだ小さくて、せっちゃん（斉藤和義さんの愛称）の真ん前で、眠りこけていたりもしたけど、今のOくんならきっと感動するんじゃないかな。今度たしか、弾き語りのライブがあるよ。生の弾き語りはねえ、もうたまらんよ～。絶対行った方がいいよ」

息子「なんかさ、お父さんに抱っこされて行ってたライブにさ、お父さんが死んじゃったあとに、子どもが一人で行くとかさ……」

息子「エモくな～～～い⁉」

　まるで宝島で財宝でも見つけた子どものように、くしゃくしゃな優しい顔で笑う息子がいました。その表情が、あまりにもあったかくて、うれしそうだったから、不覚にも私はうっとり見とれてしまいました。

　それは私の知りうる限り、世界でいちばん美しくて尊いと思えた笑顔でした。

✤ 本当の幸せって？

なにがしあわせかわからないです
ほんとうにどんなつらいことでも
それがただしいみちを進む中でのできごとなら
峠の上りも下りもみんな
ほんとうの幸福に近づく一あしずつですから

（宮沢賢治『銀河鉄道の夜』より）

大好きな宮沢賢治さんの物語の一節です。いつ読んでも、何度読んでも、親しみを感じて心がじんわりします。満月の夜の月明かりのように、心を照らしてくれる言葉というものがあります。私にとって宮沢賢治さんのこの言葉は、そんな宝石のような言葉です。

この本の注文履歴が残っていて、おそらく二〇二〇年の夏ごろの私が、この言葉が書いてあるページに貼ったであろう付箋も残っています。五年前の私がこの付箋を貼ったのだとしたら、時期的に、夫がかなり厳しい状態に入ったころでした。そう思って胸が一瞬苦しくもなりましたが、そのあとすぐにあたたかくもなりました。それは、幸せな方の椅子を選ぶことが、どんどん難しくなってきたことを感じていた五年前の私が、それでも心を強くもって、この付箋を貼ったのだと思えたからです。

私の「幸せな方の椅子を選ぶ」というそれまでの生き方を、ぎりぎりのタイミングで肯定してくれたのが、このページでした。五年前の私の手が貼ったその付箋にそっと触れたとき、鼻の奥がツーンとしました。過去の私と手をつなげた気がしました。

人が何かの「渦中」にいるときというのは、自分がどんな景色の中を歩いているのか、なかなかつかめません。目の前のことに反応したり対応したりするだけで精いっぱいだから。ましてや、その先の向こう側にあるものなんてわからないまま歩いています。

でも、その「渦中」を過ぎたとき、急に自分の目が解像度の高いカメラにでもなったかのように、歩いてきたその道のりの景色を、鮮やかに見渡せる瞬間がやってきます。それはそれまでのことすべてが過不足なく染み込んでいるような、いわば人生という名の景色です。

ひょっとしたら過去の出来事は、その先の未来になってはじめて、ちゃんとした答え合わせをしてもらえるのかもしれません。私の場合も、夫が旅立ったあとになってはじめて、「私たちはこれでよかったんだね」と、過去の道のりをおだやかな気持ちで肯定できました。

そして過去の景色がそう思わせてくれたからこそ、今の私は、過去に感謝しながら生きることができています。

「本当の幸せって何だろう？」

だれもが一度は考えたことのある問いだと思います。

本当は頭で考えなくても、ふんわりと心が幸せを感じられたら、もうそれはたしかな幸せです。ただ、無条件でそんな幸せな気持ちになれないようなとき、たとえば、とても大変だったり悲しかったり、後悔の念が消えなかったり……そんな究極に苦しいときにも、私には「本当の幸せ」がひとつずつ鮮明にわかっていく瞬間がありました。それは大変なときだからこそ浮き彫りになるような、無駄なものをすべてそぎ落とした「真の幸い」でした。

✤「過去」と「今」と「未来」

夫が病気になってから、私は「過去」「今」「未来」という三つの時間軸を、とても意識するようになりました。

彼が病気になったばかりのころは、幸せな方の椅子を選ぶときに、過去を見ないようにして、とにかく「今」に集中しようと思っていました。そしてだんだん「今」に集中できるようになると、今度はその今を、未来で「後悔したくない」と思うようになりました。

過去の自分を責めたり否定したりするのは、もうたくさんでした。たとえば「どうしてもっと早く病気に気づいてあげられなかったんだろう」というような、大切な人の命にも関わるほどの大きな後悔には、気が狂いそうになるほどのつらさが内包されているからでした。

そんなふうにひどく後悔したことのある私は、なるべく未来へしこりを残さないようにと、以前よりも随分と大胆に、かつスピーディに、いろんな選択や決断ができるようになっていきました。多分、後悔することへの「恐怖」みたいなものが脳の髄まで染み込んでしまったせいで、自然とそうなったのでした。

もちろん生きていれば、後悔することがまったくなくなるなんていうことは、ありません。それでも、「後悔しない方を選ぶ」。そんなマイルールを盾にすることで、私は少しずつ「今」に心を寄せて生きることができるようになっていきました。

「過去」は愛することができている、「未来」もいつか愛せるのかもしれない。でも「今」を愛せそうにないときは、とてもきついかもしれないけれど、とりあえず後悔しないであろう方を選んでいく。

そんなふうに生きていけば、峠の上り下りもみんな「ほんとうの幸福に近づく道だった」と思える日が、必ずやってくると信じています。

過去への想い

これまでに見つけた椅子たちの多くは、私が極限まで追い詰められて限界点に達しそうなときや、心がどんどん弱っていたとき、もしくは、そんなところから這い上がったものの、まだ心についた傷が生々しく残っている……そんなときに見つけたものばかりです。そして、夫が病を得た二〇一一年から、再発する二〇一二年までの、ほんの二年の間に見つけた椅子たちが八割を占めています。そのころはまだ、私が三七、八歳だったころ。今よりも随分と精神的にも若く、自分の選んだ道が正しいのかわからず、いつも不安を抱えていました。

そんな氷の上を歩くような不安定なころに見つけた椅子たちが、今でも頼れる安定した存在になっているのが、おもしろいなと思います。

二〇二五年を生きている今の私はというと、大きな悩みもなくて、あのころに比べれば何もかもが安定している毎日です。日々の生活自体は、夫が病気になる二〇一一年よりも前に戻りつつあるのを感じることもあります。

ただそれと同時に、過去の私が必死に生きながら拾い集めたものが、私の中に過不足なく埋め込まれているのも感じます。生活は過去に戻ったように見えても、私の心の中身は、夫が病気になる前と同じではない。もし、これからまた何かあっても、私に埋め込まれている過去のカケラが力になってくれる。時に苦しかったけれど、それでもがんばった過去がある。それをほんの少し自分の自負にしてもいいのかもしれないと、やっと思えるようになりました。その気持ちが、過去の経験からもらえるギフトなのだとすれば、そんな力をくれる過去に、そっとお礼を言いたくもなります。

そして過去の私へも――。

「多分あなたが懸命に生きてくれたおかげで、なんだかよくわかんないんだけど、今の私の毎日はすごくおだやかで優しいよ。毎日いろんなことにちゃんと幸せも感じているよ。それに息子もね、なんだかねえ……うま～いこと育ったよ！」

と言ってあげたいと思います。

あなただけの椅子

実は、夫の闘病中、私は夫の病気の詳細を、まわりの人たちにあまり伝えていませんでした。自分の両親、弟や妹にさえ、本当の病名を伝えたのは、随分あとになってからでした。それはいろんな理由が絡み合ってのことではあったのですが、その分、私はまわりに自分の心の痛みに対しての助けを求めたことが、ほとんどなかったように思います。

だから、自分を自分で助けるために、そのときの自分に必要な椅子を、私はひねり出すしかなかったのかもしれません。今までに紹介した椅子たちは全部、あのころの私にとって不可欠な椅子でした。そう、言わば、私のために私がオーダーメイドした「私用の椅子」なのです。

自分にとって本当に必要な椅子は、自分がいちばんよくわかるはずです。だから、呑み込めないぐらい苦しいことが起こったときには、目を閉じて、自分の本当の気持ちの在りかへ、ぐっと心を寄せてみてください。そしてそのときに必要な椅子を探してみてください。それはあなただからできることで、あなたにしかできないことです。

✤「生きる」とは死ぬまで生きること

いつかの年の暮れのことでした。

「ねぇ、あのさ、今年を漢字一文字で書くとしたら、パパは、何?」と聞く私に、彼は間髪入れずに、生きるの「生」だと言いました。

「ふーん、そっか。やっぱそうよね。じゃあ、パパにとって『生きる』とはどういうこと?」と続ける私に、

「生きるとは……死ぬまで、生きること」

と、澄んだ目なのにどこか強さもあるような、とても不思議な目で彼は言いました。そのときの彼の目が、私はどうしても忘れられないでいます。一瞬私の喉が詰まったことも。

死を覚悟したことのある人や、それを目にしたことのある家族にとって、この言葉は、ものすごく重いものです。その言葉の中にある深さや濃さ、悲しみ、彼がそこに行き着いた意味に、常に死を覚悟しながら生きるということの真実が垣間見えるからです。

有言実行な彼は、まるで純粋無垢《むく》な少年のように、彼の鼓動が止まるその日まで、ただただ、ひたむきに生きた人でした。病気になってもなお、自分ができることを懸命に探して生きようとするその姿は、圧倒的に美しいものを宿していたし、「大切だと思う人を大切にする」という、どこまでも彼らしいスタンスは、最後まで変わることはありませんでした。もともと心の芯がとても太い人だったけれど、さらに強靭《きょうじん》な人になっていきました。

それに反して私はというと、彼が病を得るまでは、とても弱い人間でした。いつも彼に守ってもらって、助けてもらって、許してもらってばかりの人生。たまたま十五歳という若さで、だれかを驚くほど一途《いちず》に想うことのできる人に見つけてもらったという、幸運だけで生きてきたようなアンポンタンな人間でした。そしてそのせいで、ほんものの甘ったれになっていました。

実は私ほど弱かった人間もいなくて、それはもう途方に暮れるほどでした。後悔しだしたら止まらないし、前を向けと言われたら、余計に前を向けない。人一倍弱かったからこそ、自分がなんとかがんばれるような、特別なことをしないといけなかった。

そんなときに思いついたのが、この「幸せな方の椅子」という考え方だったのだと思います。

「なんで私たちにこんなことが起こるのですか？」と思うような悪いことが起こって、人生に背を向けられたような気がしても、結局私たちは、夫が言うように最後まで生きるしかない。人生に対して「どうして？」と問うても、その答えが返ってこないのは、自分たちの方が人生に「問われている」からかもしれません。

「さあ、こんなことがあなたに起こったよ。どう生きる？」

そんなふうに、自分たちの方が人生に問われているのだとすれば、人生は決して私たちに背を向けたわけではない。むしろ見守ってくれているはず。こんなふうに気持ちを切り替えられたとき、人生というものは、優しいヒントを授けてくれます。私の場合は、幸せな方の椅子を選ぶという過程の中に、生きるためのヒントがたくさん落ちていました。

✤ 砥石《といし》

私たち家族の話は、決して特別なものではないと思っています。ごく普通の家族に「たまたま」大変なことが起こってしまったというだけです。

大変なことって、包丁などを研ぐ「砥石」のようなものかもしれません。砥石で心を削られているときは、それはもうたまったものじゃないぐらい痛いのですが、いつのまにか、まったく刃が立たなかったものが、スッと切れるようになっている。そんな砥石を私たちは受け取ってしまったのかもしれません。

もしも私が十数年前よりも強くなっているとしたら、その砥石のせい。ただ、まるで決死隊の隊長のごとく人生というものに切り込んでいったのは、圧倒的に夫の方でした。

人は本当にいろんなことを背負って生きていかないといけません。昨日までは身軽だったのに、今日突然、どう触れていいのかもわからないような出来事に遭遇してしまうこともあるし、たとえ自分には起こらなくても、大切な人や近しい人、友人や同僚に起こることもあります。

そうやって人に起こることは、すごく似ているように見えたとしても、共通するものがあったとしても、その痛みや悲しみというものは、その人だけのものです。どれひとつとして同じ痛みや悲しみはないから、私が言えることは結局のところ、「世界中にはたくさんの家族が存在しているけれど、こんな家族もいたよ」ということだけなのかもしれません。

大変なことや悲しいことには、大小はない。同じ痛みや悲しみもない。ただ、共通して言えることがあって、それは、どんな苦しみに出会ったとしても、その先の未来は「自分で選べる」ということです。

「病気になったけど、しあわせなままでいようよ」

夫と交わしたこの約束を私が守れたのは、「幸せな方の椅子」を見つけ、幸せな方の未来を選び続けたからでした。そして今日も、私が約束を破らずにいられるのは、夫への「ありがとう」という気持ちが、心の真ん中にいつもあるからです。

「ありがとう」という言葉の中には、もうひとつの本当の意味があって、それは「あなたのおかげで私は幸せです」ということなのだと、昔友人が教えてくれたことがありました。

今も彼に「ありがとう」とつぶやくたびに、胸の中にあたたかなものがじんわりと広がるのを感じます。それはまぎれもなく幸せな気持ちです。その「ありがとう」はもう永遠に私の心から消えることはありません。

夫がいてくれたから、私は幸せでした。そして彼がいてくれたから、私は今日も明日も明後日も、幸せなのだと思います。そんな「永遠の幸せ」を、夫は人生をかけて、私にくれたのだと思います。

「幸せな方の椅子に座る」という考えは、「どんな環境下に置かれても、自分の生き方は、自分で選ぶことができる」という考えにもとづいています。それは、少し角度を変えて眺めてみると、「自分の人生がうまくいっていないことを、起こった出来事のせいにはできない」ということでもあります。

できればお気に入りの服を選ぶときのように、自分の人生に対する在り方を、自由自在に選択できたならどんなにいいだろうと思います。そのためにはまず、「私は、起こったことには、左右されないぞ」と決めることが大切で、そう決心できたときにはじめて、人はどんなことが起ころうとも、幸せなままでいることができる。そうやって自分の身に振りかかったことに対する恨みつらみを消せたとき、不幸と幸福のあいだの境界線は消え、幸せな方への扉が開く。そして、一歩一歩、歩を進めるたびに、不幸な出来事は遠く小さくなって、自分で見つけた幸福が、自分の人生の中でふくらみはじめる。

あのころに知ったそんなことを忘れずに生きていきたいと思います。そして、もし不本意にも、不幸という名の枠に入れられてしまっている人と出会ったとしても、私はそんな枠は壊したい。その人に「不幸」という言葉は使わないでいたい。なぜなら、その出来事と未来への幸福とのあいだに、境界線はないと信じているからです。

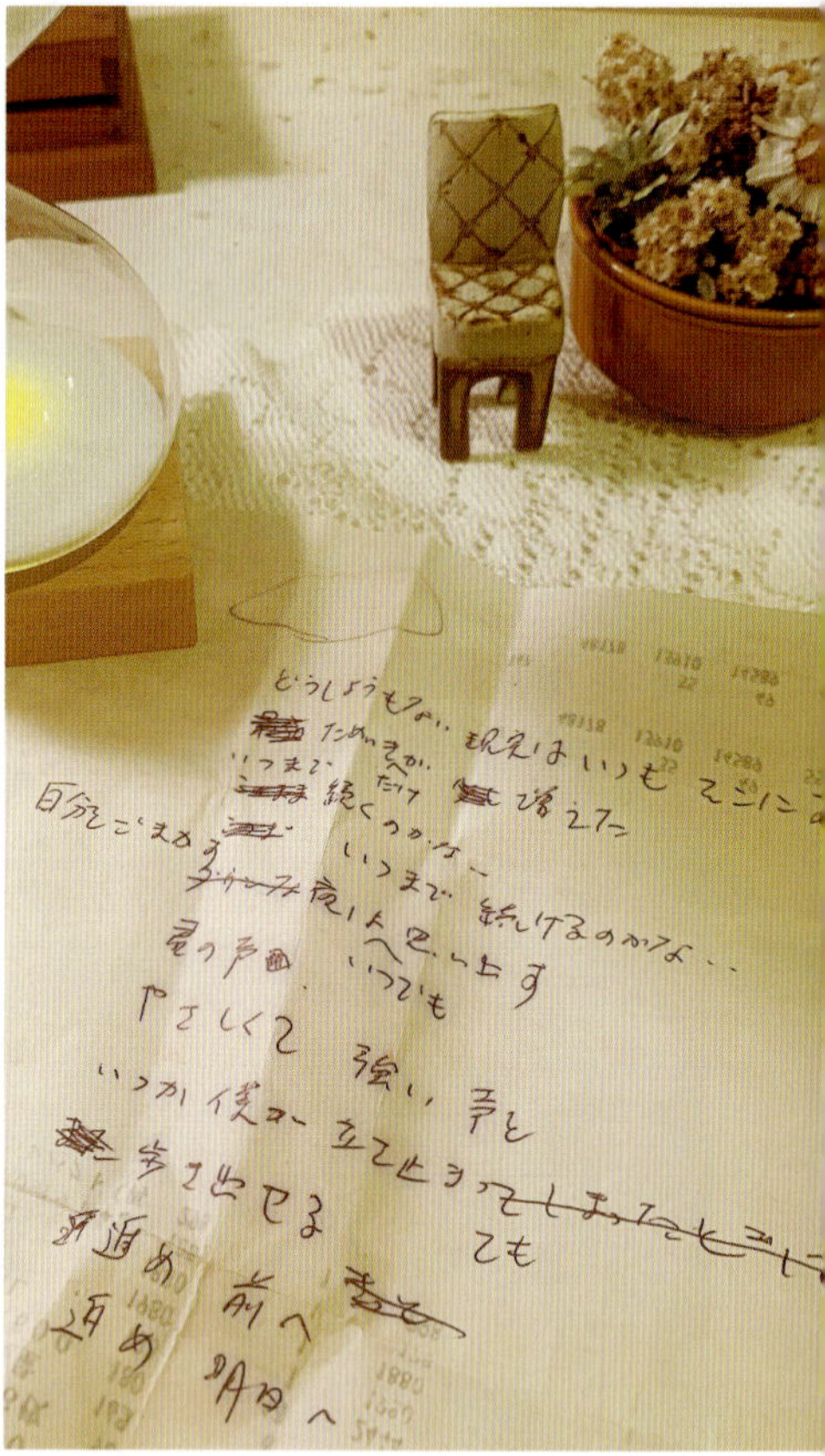
どうしようもない現実はいつもそこに
いつまで続くのかな…
いつまで続けるのかな…
いつでも
やさしくて 強い
いつか僕が
歩き出せる
道の 前へ
道の 明日へ

エピローグ

平成元年　七月十八日

「よかったら、つき合ってほしいんだけど」

高校一年生の一学期、学期末の三者面談がはじまり、授業が午前中までとなり、夏休みへの期待でいつもより学校中が少し浮き足立っていた放課後のこと。私は、その日まで名前も姿も知らなかった男子から、告白されていました。

いくらなんでも、しゃべったこともない人とつき合うわけにはいきません。「ごめんなさい」とシンプルに伝えるのが、いちばん相手の傷が浅くてすむのではないか？という結論に至った私は、その一文だけを伝えて、早く学校から帰りたいと思っていました。なのに、目の前には、緊張でガチガチになりながらも、笑顔を一生懸命つくろうとしている人がいました。

「勇気を出すとは、こういうことです」と、教科書に写真付きで載せてもだれも文句は言わないのではないかと思えるほど、勇気を出している人がそこにいました。その姿に、私は記憶喪失にでもなったかのように「ごめんなさい」という言葉を忘れ、不用意なセリフが口からするりとこぼれていました。

「友だちからでよかったら……」

そのセリフを聞いた途端、くしゃっと破顔した彼に「ありがとう」と言われて、「え？　私、今、なんて言った？　つき合うとは言ってないよね？」と思ったけれど、時すでに遅し。拡大解釈されてしまったのか、よくわからないままに、なぜかつき合うことになってしまいました。

でも、この不用意な言葉が出てしまったからこそたどり着けた未来を、約三十年後、私はこの同じ高校で、かみしめることになります。まだそんなことはつゆほども知らない十五歳でした。

令和四年三月一日

いつも遅刻ギリギリを攻める私が、息子の高校の卒業式があるこの日は信じられないほど早く学校に到着していました。校舎は建て替わってはいるものの、まぎれもなく私と夫が三十年前に通っていた母校です。どんなに時間がたっても、心を温めてくれる大切な思い出が、敷地内のあちこちに埋まっている場所でもありました。

さかのぼること三年前の入学式の日、私と夫が学校に到着すると、すでに駐車場は満車でした。遠い場所にしか車を停めるところはないと言われ、入学式に間に合わないかもしれないと、二人で青ざめた記憶がありました。だから、卒業式は一秒たりとも遅れるわけにはいかないと、のんびり屋の私が一念発起して早く家を出たのでした。

「パパのぶんもしっかり目に焼きつけなきゃ」。そんなことを思いながら学校に到着すると、今度はなんと早すぎて、三年前、あふれるほどの車でごったがえしていた駐車場は、がらがらでした。つくづく私は極端なことしかできないんだよなと思いながら車の中で待つことにしました。そしたらふと、校庭やその向こうに広がる景色が視界に入ってきました。

「パパが告白してくれた場所は、どこだったっけ……」

目をこらしてみたけれど、すぐにはわかりません。私たちが卒業してから数年後に校舎が建て替えになり、かろうじて当時の面影を残しているのは、正門ぐらい。校舎の配置が大きく変わってしまって、どこに昔の校舎が立っていたのかさえも、すぐにはわかりませんでした。でも、当時と同じ場所に武道場らしきものがあることに気がついて、「武道場があそこなら……」と、記憶をたぐりよせていくうちに――。

「あそこらへんだ！」

そう思った瞬間だったと思います。まだ私たちが透き通るほど純粋だったころの思い出が、どっと胸に入ってきて、心や喉元がぎゅっと詰まり、たぶん走馬灯《そうまとう》と呼ばれるようなものが頭の中で起こりはじめました。

学ラン姿の夫やMくん、Dくん、Sくん、Yくんが「なんかおもしろいことねえかなあ〜」なんて言いながら、横を通り過ぎていく。体育の先生が竹刀を持ってにらみをきかせながら練り歩く中を、自転車通学で日焼けしたNちゃんが私の名を呼びながら近づいてくる。Tちゃん、Kちゃん、Bちゃんもいる。透明な彼らがはっきりと見えた気がしました。そして気づけば、私の体じゅうから涙があふれるのではないかと思うぐらい、胸がいっぱいになっていました。

「そうだった、私と夫のすべては、ここからはじまったんだった」

心の中に埋もれていた宝箱のふたが突然パカンと開いて、過去の思い出が、こちらの気持ちなんておかまいなしに容赦なく迫ってくる。私の心は大変なことになっていました。でも、私のように早めに到着する車が一台、また一台と入ってくるのが目に入るうちに、その不思議な時間は、今度はすーっと、何の衝撃もなく終わってしまいました。そのとき、私の右手の中指にはめていた夫の結婚指輪が、キラキラと輝いているのに気づきました。

結婚してから夫はずっと、結婚指輪をはずしたことがありませんでした。その指輪を触りながら、本当はいつまでも車の中で泣いていたかったけれど、卒業式がはじまる前から号泣している母親なんて、おかしいにもほどがあります。息子に気づかれたら、ぎょっとされて、他人のフリをされるかもしれません。なんとか涙を止めて、マスクでバレないようにして、右手の夫と一緒に、体育館へ向かうことにしました。

最後のピース

青春時代の思い出って、恋や友情や、なんでもかんでもに、一切のよこしまなものや不純物を寄せ付けないような力があって、美しい。そんな青春のど真ん中から、今日息子は卒業する。そして、ここにいるすべての保護者のお子さんたちが、みんなそうなのかと思ったら、再びどうしようもなく泣けてきて、涙があふれすぎないようにと、一人で闘っているうちに卒業式がはじまりました。

保護者席は、ほとんど満席でした。なのに私の左側の席だけ、まるで予約席みたいに、だれも座りませんでした。三年前の入学式のとき、夫は私の左側の席に、かっこいいスーツ姿で、だれよりも幸せそうな顔をして座っていました。今日、私の隣だけだれも座らずにいてくれたのは、夫がここに座っているからかも⁉ そんなふうに思ったら心が跳ねそうなほどうれしい気持ちになり、となりにぬくもりを感じていました。

そんな中、息子が入場してきました。入学式のときは、まだ私より小さかったのに、高校の三年間で15センチぐらい背が伸びた彼は、入学式のときとは別人のようでした。180センチを超えて、たしかに自分の子なのに、そうでないように思えるほど、歩いているだけなのに、かっこよかった。

入学式のあと、息子のクラスは視聴覚室のようなところに移動して、「最後のホームルーム」がありました。そのホームルームがはじまるのを、保護者は後ろに座って待っていて、子どもたちは前の方の席でワイワイ話していました。その様子を眺めていたら、息子が友だちに恵まれていたということが、十分すぎるほど伝わってきました。息子は横から後ろから話しかけられては、その輪の中で楽しそうに笑っていました。

「ああ……パパ……守れたね、私たち」

そう思ったら、さらさらと涙が流れて、もうその涙を止めることはできませんでした。

私たち夫婦が、夫の体に宿ってしまった病から、いちばん守りたかったもの。それは、息子の笑顔でした。

「ねえねえ、Oくんのお母さん、なんで、Oくんはいっつも笑ってるの？　Oくんねえ、学校でも、いっつも笑っとるんよお～！」

ちょうど夫の病気がわかりかけていたころ、わが家に遊びにきていた息子の友だちから、そんなことを言われたことがありました。私はすごくうれしかったのに、心が痛くなったことを今でも覚えています。

それは大の父親っ子だった息子の笑顔をどうやって守るかを考えたとき、そこには濃い霧が立ち込めるような不安しかなかったからでした。

あれから十一年。息子もいろんなことを自分なりにたくさん乗り越えてきたはずでした。それでも彼は、横から後ろから友だちに話しかけられて笑っている。

ホームルームがはじまると、このクラスがどんなにいいクラスだったのかも伝わってきました。きっとまわりにいてくれた友だちも、息子の笑顔を守ってくれていたのだろうと、感謝の気持ちがあふれました。

幼稚園のころから、入学式、卒業式、運動会、親子レクリエーションや授業参観、ほとんど皆勤賞だった夫でした。だから私は、はじめて一人で来る卒業式が、ちょっとだけ不安でした。でもふたを開ければ、幸せな魔法の粉がたくさん降ってきたかのような、ただただ幸せな時間でした。


そんなホームルームを見守りながら、私は夫に話しかけていました。

「もう、大丈夫だね、パパ。私たちの子育て、大丈夫だったね」

「この日のために、パパはがんばったんだよね。私もがんばったんだよね」

「私たちは病気に負けなかったね」

それは、私たち家族の幸せの最後のピースが、ピッタリはまって、ひとつの大きなパズルがやっと完成したかのような日でした。

あとがき

この本は、一田《いちだ》憲子さんのサイト「外《そと》の音《ね》、内《うち》の香《か》」で、夫が亡くなって間もない時期から約二年半連載をしていたものがもとになっています。「書いてみませんか？」とお声がけいただいて書きはじめたものの、その日々は、心の中を言葉にする難しさに、向き合い続ける時間でした。

悲しいことやつらいことがすぐそばにあっても、その悲しみをくるんでくれるような幸せに、頬が染まるほどうれしい日々もあったこと、経験したことのない喜びに包まれた日もあったこと、そんな日々のことをギリギリまで正確を期して書こうとしながらも、言葉ではどうしても厳密には表現できず、ある種の敗北感のような気持ちに襲われた夜もありました。それでも、今の私の精いっぱいで書いた言葉を、未来まで連れていってくださるかたがいたとして、この「幸せな方の椅子」が、わずかでも役割を果たすときが来れば、そのときにはじめて私がこれを書いたことに意味をもらえる気がしています。

あわよくば、太陽の光が、いろんな条件が重なったときに美しい虹となって輝くように、いつか読んでくださったかたの人生の物語の中で、私たちのどうしようもなかったころの話が、優しい虹のようになれたらと、そんな夢物語のようなことを祈りながら、このあとがきを書いています。それはきっと私にとって「幸せな方の椅子」が、激しい雨が降ったあとでしか見ることのできなかった、きれいな虹のような存在だからかもしれません。

最後になりましたが、私に書くきっかけをくださっただけでなく、連載中ずっと力になり続けてくださった一田憲子さん、また、書籍を出すことなど、あまりにも遠いことすぎて、夢見ることさえなかった私を見つけてくださり、「幸せな方の椅子」に、本になるという道をくださった編集者の八木麻里さん、そして、応援してくださったすべてのお一人お一人に、心よりお礼申し上げます。

2025年3月　　　　松山みゆ

松山みゆ

1973年福岡県生まれ。大学卒業後、医科大学研究所の研究補助兼秘書として勤務。高校時代からつき合っていた夫と結婚。出産を機に退職し、専業主婦に。子どもが4歳のときに、地元の基幹病院の医療秘書として仕事復帰。2011年、夫が希少がんを発病。「病気になったけど、幸せなままでいようよ」という夫との約束を守りながら、10年に及ぶ闘病生活に伴走する。現在は、日本癌治療学会認定がん医療ネットワークシニアナビゲーターでもある。

幸《しあ》せな方《ほう》の椅子《いす》

悲《かな》しみの底《そこ》にいるときの心《こころ》の舵《かじ》のとりかた

2025年4月20日　第1刷発行

著　者　松山《まつやま》みゆ
発行者　佐藤 靖
発行所　大和《だいわ》書房
東京都文京区関口1-33-4
電話　03-3203-4511

編集　八木麻里（大和書房）
本文印刷　厚徳社
カバー印刷　歩プロセス
製本　ナショナル製本

乱丁本・落丁本はお取り替えいたします。

ISBN978-4-479-76166-2
http://www.daiwashobo.co.jp